Gentleness of the World

人间温柔

毕淑敏 张炜 范小青 等·著

卞毓方·主编

江苏凤凰文艺出版社
JIANGSU PHOENIX LITERATURE AND
ART PUBLISHING, LTD

图书在版编目（CIP）数据

人间温柔 / 毕淑敏等著. -- 南京：江苏凤凰文艺
出版社, 2020.6（2022.5重印）
ISBN 978-7-5594-3846-1

Ⅰ.①人… Ⅱ.①毕… Ⅲ.①散文集 – 中国 – 当代
Ⅳ.①I267

中国版本图书馆CIP数据核字(2019)第118939号

人间温柔

毕淑敏 等著

责任编辑　李龙姣
策划编辑　强　域
装帧设计　吉冈雄太郎
出版发行　江苏凤凰文艺出版社
　　　　　南京市中央路165号，邮编：210009
网　　址　http://www.jswenyi.com
印　　刷　三河市宏图印务有限公司
开　　本　880毫米×1230毫米　1/32
印　　张　8.5
字　　数　180千字
版　　次　2020年6月第1版
印　　次　2022年5月第14次印刷
书　　号　ISBN 978-7-5594-3846-1
定　　价　45.00元

江苏凤凰文艺版图书凡印刷、装订错误，可向出版社调换，联系电话025-83280257

温柔从来不是什么轻声细语，也不是软弱不堪。温柔是对这个世界的善意，是对生活的热爱，是敢于接纳自己的勇气，是坦然面对过往的决心，是基于理解和包容的品质，是一切温暖的力量。

目 录

身在无间，心在桃源

一转眼老了少年。 少年那时候真是一个小动物啊，他走着走着都要跳起来，跳起来摸一摸崖上的蒿草。他心头喜悦眼睛明亮喊声如歌。

复活节岛土著的年龄

毕淑敏 / 文

依我在世界上走来走去的小经验，深知若想多获取当地文化精髓，一个好的当地导游至关重要。他必得爱历史爱文化也爱游客。不然的话，经受不了日复一日几乎一成不变的工作折损。无论他的外语多么上乘，临危不乱处理突发事件的能力多么出类拔萃，仪表装束多么职业化，终会有弹尽粮绝的那一天。旅游虽说状况迭出，但最主要的常态还是按部就班心平气和地介绍当地文化。如果对文化所知较少，只会背教科书或维基百科上的话，添点民间俚语和黄色笑话当芝麻盐往上撒，不能算合格导游，起码不是好导游。

智利复活节岛上的导游，是个帅小伙，皮肤红中透黑，身体壮健五官端正，牙齿洁白。

几天中，他3次提问，让我猜猜他年纪有多大？

第一次面对这个问题，还真煞费苦心，面对外国男人，若蓄起一把大胡须，便毫不客气地把他归入老爷子，甭管他多时髦。

好在复活节岛的壮硕小伙，下巴干净如青鱼之背。

我问随团的华裔西班牙语翻译，此地习俗是欢喜年轻还是年老？

翻译说，土著人寿命通常比较短，喜欢被人猜得比实际年龄大。

我煞有介事地打量土著小伙，做思索状。告知他，您大概35岁左右。

翻译刚转述完，土著小伙将满口雪白牙齿龇出了80%，说，哈！我只有20岁！

我货真价实地惊讶了。就算我完全没有逢迎讨好之意，也会猜他大概二十七八岁。此人真真是——显老啊！

第二天，我因为有几个旅行中的小问题向他讨教，他又让我猜猜年龄。翻译转述此问题时，先不好意思。说，他又问了年龄的问题。关键是您已经知道了20岁，怎么回答好？

我说，没关系，请说他有35岁。

白牙乍现，开心笑容，宾主皆大欢喜。过了几天，他第三次问同一问题。我一瞅翻译面露为难之色，知道卷土重来。说，没关系，请回答35岁。

恕我从此管他叫"35岁"吧。

35岁问，您这几天到处转了转，发现岛上没有什么动物？

我一愣，要说起这岛上没有的动物，那可多了去了。比如没有孔雀，没有斑马，没有猴子……35岁正等着这样的答复，有引君入瓮的欣喜。说，您没发现岛上没有羊吗？

的确，这几天转遍岛上犄角旮旯，没见过一只羊。

我问，复活节岛气候对羊不适宜吗？

35岁道，复活节岛上的气候和牧草，对羊非常相宜，但人们憎恨这种动物。

羊多么温顺！怎么得罪了复活节岛人？

35岁脸上呈现出和他年龄不相符的深沉。说，复活节岛以前养过羊，非常多的羊。自1888年把岛并入智利版图，智利人就只让我们养羊，前后持续了60多年。那时的复活节岛，就是一个大羊圈，到处是羊粪，臭不可闻。岛上除了种羊吃的草，不让种其他植物，岛民吃的粮都是从外面运来的，质次价高。经过斗争，终于有一天，我们可以不再专门养羊了。虽说羊肉好吃，但我们都不吃羊，也不养一只羊。羊是岛民的公敌。

我问他，你年轻，外语又好，收入应该不错？

我本没敢打算刺探他收入的具体数字，不想35岁保持原始淳朴风度，主动报出数来。每个月收入有2到3万元。（翻译已换算成人民币。）

岛上主要是旅游观光业，全民围着旅游业转。我问，其他人生活如何？

35岁白牙闪闪道，复活节岛人的工作，具体分工不同，不可能所有的人都当导游，要搞广义的旅游。

我说，摆摊卖小工艺品？

35岁道，那是狭义旅游，您说，全世界的人到复活节岛来，最希望看到什么？

我答，当然是摩艾（巨人石像）。

35岁说，除了摩艾之外，人们还想看到复活节岛的原始生活状态，这和现代文明社会反差很大。这就是复活节岛的广义旅游特色。

顿时对这个20岁的土著小伙子敬佩有加。我说，很有道理。

35岁继续道，除了摩艾，我们还要竭力保持复活节岛的原始生活状态。比如，我们不用烧油或电动的船只，全凭人力操纵的小船出海捕鱼。再比如，我们不采用任何现代化的农业机械和农药化肥，完全用原始的方法耕作农田，种植蔬菜……

我忍不住插言，那产量不是很低，非常辛苦吗？

复活节小伙答，是的。非常辛苦，产量很低。但这正是复活节岛的魅力，如果失却了原始特色，还有什么人愿意来看复活节岛的生活方式呢？这些都保持不住了，复活节岛的旅游业，岂不是会大大受影响？所以，看起来产量低人辛苦，却正是全世界的人们远道赶来这里，最想看到的景象啊。况且，只要想到祖先，世世代代过的都是这样生活，就不觉得辛苦了。正是他们传授的这套古老方式，让子孙们过上了今天的好生活，辛苦中会觉得很幸福。

我又问，用古老方式打鱼和种田的岛民，应该没有你收入高。

小伙微微一笑，答，大家收入都差不多。

我说，那些行当的从业人员怎么能和你当导游的收入相仿呢？

35岁答，岛上原住民有个组织，岛外人传说这叫酋长会议，其实不准确，就是岛民代表开会讨论。我们做出决议，要保证所有从事农耕和打鱼的人，同动动嘴跑跑腿的人，收入差不多。不然的话，就没有人愿意种地和出海捕鱼。

我说，这个策略从理论上讲很正确。但具体如何实施呢？难道把岛上各行各业挣的钱都统一收起来，再重新公平分配给大家吗？

我几乎想问，复活节岛奉行原始共产主义吗？

35岁答，绝对平均是没有的。但大家非常清楚这三部分人的分工，收入最终做到大体平衡。具体方法是，假设你在岛上开饭店给游客们做饭吃，这当然是很挣钱的……

我说，岛上餐饮很贵。

35岁道，开饭店的岛民，每天都要做鱼给游客吃，收取高价餐费。鱼来自收购岛民出海打来的鲜货，付的鱼价非常高。通过这种方式，就把餐饮界挣的钱，让利给打鱼人。外人说，复活节岛海岸的鱼，卖比沙漠里还贵。

我曾看到岛民卖金枪鱼，只有几斤重，要价500元。几步之外，海浪滔滔。

我问一成不变的劳作，会不会有人厌烦？

复活节小伙摇摇头道，基本没有。我们用的耕作方式很古老，很慢。每年6月，也就是我们的冬季，下种。到11月，也就是我们的夏季，收获。虽然我们的农产品产量很低，但每一颗都是太阳和大地的精华。我们捕鱼，也只用石头、绳子和鱼饵。我们是自愿自发这样做，并无人强迫。我们尊敬祖先遗留下来的一切。

我疑问，就没有一个复活节岛上的年轻人，想到岛外面看一看？毕竟，外面的世界很精彩。

35岁点头道，您说得很对。好奇，让一些人出去看过，但最后他们又都回来了。就拿我个人当个例子，我去过智利首都圣地亚哥。刚一到那儿，我被大城市的繁华所吸引，非常惊奇。不过时间长了，感到外面的世界在很精彩的同时，也很险恶。像我们这些在小小海岛生活惯了的人，很不适应。而且，挣钱很难。我们没有别的技术，根本挣不到每月几万块钱的薪水。绕了一圈，我还是回到岛上来了。在浓浓的亲情包围中，过祖先赐给我们的日子。我每天呼吸着和祖先一样的新鲜空气，吃着用祖先传下来的方法抓到的鱼和种出的粮食，包括我们的烹饪方式，都是传统的。一家有食物，分享给众人。现在全世界的人，都争先恐后地到我们这儿来。从另外一个角度说，也就是让我们原地不动，却见到了全世界。再者，保持古老的方式，也并不仅仅是让全世界的人来猎奇参观，是为了让我们的子孙后代，能把它保持下去。这不仅仅是一种生存方式，也包含着久远的文化。它不能在我们这一代人手里失传，不能愧对祖先。您说，对吧？

我点头不止。如果此刻再让我来猜复活节小伙的岁数，我会诚心诚意不带任何调侃地遵从他们古老的习俗，认真地说，你有45岁了。介于中国人说的"不惑"与"知天命"之间。只可惜，他已不再问我。

我说，对于复活节岛，您可还有什么遗憾？

我没想到这个随口一提的话头，让35岁复活节小伙难得地长久沉默，嘴唇紧抿。他脸色黯淡地想了很久，然后说，我是有遗憾的。甚至可以说，很大的遗憾。

我悄声问，可以告诉我吗？

他沉吟道，世界各地来的游客，对我们的文化仅仅是猎奇，不够尊重。特别是对摩艾，没有敬畏。在游客们眼里，摩艾就是个景点，到此一游而已。但在我们眼里，它们是祖先，非常神圣。我当导游，经常看到游客们拿摩艾开玩笑，态度随意，心中很不舒服，甚至可以说愤愤不平。

听到这里，我稍有不解。岛上现在对摩艾和阿胡的保护，相当严格。游客们参观的时候，必须沿着特定小径行走，绝不可越雷池一步。如有违反，在一旁专司监督的岛民，会毫不留情地大声呼叫驱赶。阿胡和摩艾周围用绳子围出保护圈，距离至少3~5米。其范围之大，使游人根本不可能靠近它们。不要说抚摸，就连观察细部都稍显困难。有时甚至十几米之外就禁止接近了。这种情况下，游客还会有怎样的冒犯？

我问，能举个例子吗？

复活节小伙道，比如游客虽不得靠近摩艾，但会利用光和影的效果，做出抚摸摩艾头顶的动作。或者用近大远小的原理，假装把摩艾托在手心，用手指捏住摩艾……他们拍下这样的照片之后很得意，好像他们能够凌驾于摩艾之上，戏弄摩艾。我若看到他们用这种方式，就会知道出现的照片效果，心中非常难过。网上还有一些攻略，专门传授这种技巧，怎样把照片拍得好像摩艾都在服从他们号令，站成一排，听他们指挥。他们好似我们伟大摩艾的领导者……说实话，每当这时，我就萌生罪恶感。是我把这些人领到祖先们跟前，却让他们对祖先做出如此大不敬举动。我又不能指责他们，游客们表面上并没有越过规定范围，留在照相机内的素材，我也无权干涉。有时我甚至在想，我不做这份工作了，以免亵渎了祖先的英灵……

复活节小伙说到这里，眼帘潮湿，看得出他在竭力隐忍。各民族文化中，男人都是有泪不轻弹吧。

我不知说什么好，只能以肃穆沉默陪伴。

35岁过了一会儿稍微镇定下来，说，有一天游客们的放肆举动比较多，晚上，我放声痛哭。我妈妈听到了，走过来。她本人也是资深导游，问我，怎么啦？我的孩子。我把困惑和委屈讲给她，说您当导游时一定也遇到过，怎么还能坚持下来？您就不怕祖先们会生气吗？！

妈妈说，这些情况，我都遇到过。你所有的困惑，我也都曾经历过，思考过。

我说，妈妈，您不要用这一行可以挣比较多的钱，比较受人尊敬这些话来说服我。这些话我都对自己说过啦，仍非常痛苦。

妈妈摸着我的头说，我不会用那些话来劝你，就像当初我没有用那些话来说服自己。我想对你说的是，我们能有今天这样的好日子，正是祖先的庇佑。祖先的愿望实现了，他们会高兴。你说的有人对摩艾不尊重，正因为他们不了解我们的文化。当了解并尊崇我们的文化后，不妥的事情就会越来越少了。就算游人不改，也不能损伤伟大摩艾的一毫一分。摩艾是神，凡人的不敬，不会让他们生气，只会引发悲悯。凡人伤害不了他们。做导游的职责，除了这个职业可以养家糊口外，还能向全世界宣扬文化，这是祖先给予我们的责任。孩子，请坚持下去。如果都不做这份工作，就没有人了解复活节岛，岛民们也过不上好日子，这才是祖先们所不愿看到的结果。

复活节岛小伙潮湿的眼睫毛已经干燥，根根卷翘。他说，听完妈妈的话，我慢慢平静了。看到不守规矩的游客，我就格外认真地宣讲我们的文化。这是我对祖先的尊敬，摩艾能感觉到。

告别的时候到了，他礼节性地向我们挥挥手。我知道，在他每年迎来送往的无数观光客中，我们很快就会被他遗忘。我会记得他——无比健康的肤色和雪白的牙齿，还有20岁却愿意被人猜成35岁的小癖好。

京都樱语

卞毓方 / 文

京都别称洛阳，或京洛，她的地图上至今仍标着五大区域，分别是洛东、洛南、洛西、洛北、洛中。古代地方大名进京，就叫上洛。

这是她的胎记。

京都除了自身的京腔，即古代日本的普通话外，还有一种举国通用而此地尤为流行的语言，不妨称之为"樱语"。

酒店的房价一涨再涨，仍然供不应求——就是因为那些精通"樱语"的本邦客，以及渴望深造"樱语"的外国佬，把它炒成了学区房。

"南朝四百八十寺"，京都的寺庙比南朝更多，有一千五百余座，此外，还加上二百多座神社。

京都人的悠闲、内敛、傲慢，全在香篆袅袅、青烟氤氲中。

日谚"从清水的舞台跳下去"，比喻破釜沉舟，不成功，便成仁。

眼见许多向死而生者，纷纷从挑高十三米的悬空舞台纵身跃下……

政府出面干涉：严禁有人再跳！

清水寺着手加高护栏，布置警戒。

其实，我觉得这句日谚还可活用，与其严防死守，不如强制推销降落伞。

针对人心对美好的渴望，清水寺在音羽山瀑布下方，接出三注神水，分别代表长寿、爱情、功名，宣称，凡是喝了某种神水的，就会心想事成。

针对人心的贪婪，清水寺又追加了一道"紧箍咒"：凡是一次喝了这三种神水的，三项美好的心愿都化为零。

那么，有没有过而不饮也心想事成的秘诀呢？

有的，我知道。只是，我不说。

——因为一出口，秘诀就失灵。

慢慢悠悠走完三里长的哲学小道，仔细捉摸，除了打出哲学家西田几多郎在此散过步的牌，再就是借了画家桥本关雪夫人赠送的五百多株"关雪樱"的景，再就是……没有了，恍然明白日本为什么没有哲学。

法然院墓园，葬着许多名人。如：谷崎润一郎，内藤湖南，九鬼周造，河上肇。

忽然想到，要是群鬼结义，该如何排座次？

若依出生年月，应该是：内藤湖南（1866年），河上肇（1879

年），谷崎润一郎（1886年），九鬼周造（1888年）。

若依在阳世的寿命，则应该是：谷崎润一郎（七十九），内藤湖南（六十八），河上肇（六十七），九鬼周造（五十三）。

若依到阴间报到的年龄，则为：内藤湖南（1934年），九鬼周造（1941年），河上肇（1946年），谷崎润一郎（1965年）。

若依在历史长河的位置，以及生前身后的影响，那就更加复杂化了。

看来，阴间也得有阴间的民法。

嵯峨野，这三个字是汉字的绝配——就近举例，比起京都的稻荷山、爱宕山，大阪的箕面山、犬鸣山，奈良的生驹山、甘橿丘，高明何止百倍！

由此联想到嵯峨天皇，他的书法颇得嵯峨野味，与空海、橘逸势并称"平安三笔"；汉诗也写得钦奇磊落，如："云气湿衣知岫近，泉声惊寝觉溪临；天边孤月乘流疾，山里饥猿到晓啼。"

三十年前去岚山，曾在嵯峨野小停，探访松尾芭蕉留迹的落柿舍。落柿舍自然有故事，而且不止一种，无非就是柿子因自然成熟或一夜风雨从枝头落下，没有芭蕉在此用松尾一扫，落再多柿子也不值一提，落柿舍落的是芭蕉的松尾往事。

芭蕉最具雄阔气象的一首俳句是："海浪涌，星河高，横挂佐渡岛。"

芭蕉要是生在美利坚、英吉利、俄罗斯、德意志，更不用说生在大中华，只怕永远入不了流。

同样一个coffee，中国人译为咖啡，日本人译为珈琲。

中国的咖啡，让人想到茶汤，尽可敞开口来喝；日本的珈琲，让人想到玉玩，一边啜饮一边目赏。

祇（qí）园，中国的网友，包括一些正宗出版物，习惯写成祇（zhī）园。

祇是地神，祇是恭敬之意。

祇是有神论，祇是无神论。

一"点"之差，泄露了各自不同的信仰。

花见小路，一位花枝招展的艺伎凌波碎步而来，擦肩而过，旁若无人、无空气、无气味——这感觉是双向的，我也是。

她陪酒陪笑陪歌陪舞，但不卖身。

我则连酒也懒得陪。

"壹钱洋食"，最生动的是门口的招牌塑像：男孩提着一袋洋食（京味酱油铁板烧）离开，后面追上一条馋急了的狗，张口将他的短裤扯脱。

总有人——但不会是我——看了这场面，怀疑那狗是被店家饿了三天。

扫兴无过于看穿和服的女子搔首弄姿，自拍，他拍。

叽叽喳喳，大呼小叫——到头来说的却是我的母语。

街角，木造的百年老屋，仿佛永不过时。

黑漆大门，门外一株我见犹怜的红叶树。

似乎在比喻什么。

东福寺方丈庭园的枯山水，分东南西北四个主题，其东庭为"北斗七星"，由七根顶部凿有深孔的圆形石柱，摆成北斗在天的图案。靠近道旁的几根石柱，成了某些游客测试运气的道具，方式是，拿硬币投向石柱，正好落进了顶部的孔洞，就意味着好运临门，乐不可支；扔歪了，落到了旁边，也拍拍手，莞尔一笑，无所谓。反正，旅游就是一场游戏。

枯山水八字酷评：烟霞痼疾，泉石膏肓。

鸭川，鸭子在水面反复练习自由泳。

乌鸦一边嘎嘎叫着一边掠着河面飞过，仿佛在对它的异姓同胞高喊：像我一样飞呀，你这傻瓜！

鸭子猛地栽进水，来了一个深不可测的潜泳。

国人爱屋及乌，因为爱这座房子，连带爱上房顶的乌鸦。

日人爱鸟及乌，因为爱护鸟类，理所当然地爱上鸟之一族的乌鸦。

今春天暖，"樱花前线"提前越过关西，杀奔关东、东北而去。

在鸭川南岸，隔着人家的矮篱，瞥见一株刚刚吐芳展艳的染井吉野樱，因被大部队甩开而显出满脸羞愧的样子。

我一向以为樱花是日本的象征，赏樱乃全民的狂欢。

近查《大辞泉》《广辞苑》，得知，樱花除马肉的别称，还是托儿、间谍、奸细、密探的隐语。

樱树要是能听懂人的比喻，一定发誓不再开花。

不给别人添麻烦，其实也是不给自己添麻烦。

樱花旋开旋落，不等人感叹红颜易老，也不等自己伤怀韶华易逝，啪的一下就整朵儿跟枝头再见。

本家尾张屋，五百多年的人气老店，每天食客盈门。

门外的小园，却显得寒素，空寂，物哀，也像是落满了五百多年的尘屑。

这是提前预习——待会你尝到渴盼的美食，方知它们是两位一体。

《源氏物语》的作者是女作家紫式部，不仅名载日本文学史，一九六四年（即日本举办第十八届夏季奥运会的那一年），还被联合国教科文组织选为"世界五大伟人"之一。

趁着在本家尾张屋店外排队等候的间歇，我在附近街道转了转，在一户人家的院里，我发现了小紫式部，错不了，我相信自己的眼力——别误会哟，那不是人，而是一种结一嘟噜一嘟噜紫色浆果的灌木。

南禅寺境内的奥丹豆腐店，据说已有三百多年历史，网上好评如潮，兴冲冲冒雨赶去，却碰到人家"今日休业"。

心中暗喜——喜从何来？

你想，尝美食的最佳感觉是什么？

——下次再来！

最差感觉是什么？

——不过如此！

你看，我已肯定越过"不过如此"，现在只剩"下次再来"。

寺庙中，去过最多的是金阁寺，若问我的印象，仅记得那金碧辉煌的主体建筑，和它前面的湖泊，以及湖心的小岛，岛上一高一矮的两株虬松，松下的岩石，石上的青苔……

等等，人问：你怎么会记得岩石上的青苔？

答：那正是日式庭园的要素呀。你想，岩石在松下，松在小岛上，岛在湖中心，湖在京都，京都又在更大的岛上，这岛国，尤其从关西向南，一年到头都阴雨连绵，很少有干燥清爽的日子，那岩石，不长青苔才怪！

元和六年（1620年），智仁亲王欲建桂离宫，选中建筑师小堀远州。

小堀远州提出三个"不"：不能下达任何有关设计的旨意；不能催促工程进度；不能限制建筑经费。

智仁亲王——照办，小堀的天才设计因此横空出世。

后人纷纷赞扬小堀的特立独行，我却把敬仰的目光投向智仁亲王。前者，不过是出于天才的直觉；而后者，却是出于对皇室意志的背叛。

参观博物馆之类场所，常见"严禁拍照"的告示。

忿忿：拍照又怎么了？

进得三十三间堂，脱鞋，赤足行走在一百二十米的长殿，礼拜一千零一座佛尊。年深日久，殿堂、佛像、立柱、地板，色泽幽沉，兼之是日天阴，光线更加暗淡——这是道地的日本元素，神佛与灵魂，隐形于阴影之中——当然，也不准拍照。突然悟到，闪光灯会对千年佛雕以及神佛与灵魂产生影响。

——木雕、石刻、神佛、灵魂尚且如此，那些肉体凡胎的公众人物，长年在媒体频繁曝光，岂不是也要受到致命的伤害？

微信，友人寄来台湾某女士写京都的美文。

复信：超赞！难得她五官如此配合。

友人回：什么意思嘛？

又复：她是用眉、眼、耳、鼻、口一起鉴赏京都的啊。

台湾文人舒国治先生撰文谈京都的水，有一节写道："在上贺茂小学附近人家胡走，发现小河一忽儿在巷道中走，一忽儿又窜入人家院子中，不久又窜出来。这要是在台湾，人们为了自家少沾因水而来的麻烦或许早就把它截掉或者压根就不令之进家院来。但日本人不会。这是何等讲理的地方啊。不禁忆起黑泽明的《椿三十郎》片中便有一溪穿过两家的画面，上一家的落花，下一家可在溪中见到。"

我觉得，这是最《清明上河图》的画面。不过，嘘——只宜藏在深闺，不宜广而告之。

京都最难读的地名：一口（いもあらい）。

难就难在它的读音，跟"一"，跟"口"，完全是风马牛，八竿子够不着。

这就叫不按规矩出牌。

这也是创新一诀。

另一个地名，大秦，也是读音跟字面完全脱离。

秦，秦始皇的秦，传说当地居民的先祖是秦始皇的后代弓月君。雄略天皇年间，因秦氏首领秦酒公进贡大批绢和绫，被赐姓"大秦"。

大，日文音读作だい（罗马注音为dai），或たい（tai），秦，音读作しん（sin）。

但是这儿的秦，却读作はた（hata），类同于"畑、侧、旁、端、旗、机"，让人无法联想。

而大秦，又读作うづまさ（uzumasa），让精通日语的人也抓耳挠腮。

莫名其妙，就是一种妙。

这也是日本特色的醍醐。

满大街的汉字，从路牌到宅号到店名到海报到广告到报纸杂志，但是，你只能意会，不能发音，因为这是日文，要用日式读法才能张口念出。

启示：古代处于蛮荒时代的日本人，用他们固有的日式读法完成阅读和掌握汉字的伟大工程；如今，我们又该用怎样的中式读法，来阅读并掌握某些先进的日本元素？

拿来主义的惊艳之作是：

岛国女子无颜色，就说大唐玄宗的贵妃杨玉环没有死在马嵬坡，而是为人搭救逃到了他们那里。考据么，山口县的海边现存有杨贵妃墓，京都泉涌寺亦有杨贵妃殿，门外还有一株杨贵妃樱。

从此，岛国的女子就像得了贵妃真传，人人都长了副满月脸，你若不信，有浮世绘的美人图为证。

京都最不人道的景点：耳冢。

这里埋葬的是丰臣秀吉侵朝的战利品，十多万明朝和朝鲜联军死难者的鼻子和耳朵。

始于论功行赏的炫耀，止于不容抵赖的罪证。

"此附近 本能寺址"。

附近的人应该搬家。附近的人谁也没有搬家。

一块孤零零的石碑，立在四条堀川北侧的一隅，见证了织田信长的千秋寂寞。

西芳寺，默对庭园内随形就势、如毡似毯的苍苔，无端想起后水尾上皇的一幅字："忍"。

宁宁（丰臣秀吉的正妻）小道，那宽大整齐的石板，两侧高耸的石墙，墙内干云蔽日的大树，无不极具"丰臣家武断派精神领袖"的个性。

石塀小路，月色朦胧，灯昧如星，树影若藻。它在等一个人，一个过去年代的武士，脚踏草鞋，腰插双刀，从拐角一户人家的大门吱呀而出。

武士决斗，视死如归的一方往往取胜，是以才有"所谓武士道，就是看透死亡"之说。

世界大赛上，常听中国运动员在赢得金牌后谈感想，说胜利的关键在于保持一颗平常心。吾不信，绝对不信。"你知道人类最大的武器是什么吗？"伊坂幸太郎指出，"是豁出去的决心。"诚哉斯言！赛场上多的是胜者的绕场狂欢和败者的向隅而泣。平常心云云，不过是当事者掩饰内心万丈狂澜的一种遁词。

旅游的最佳心态，是有一双婴儿的眼，见到什么都放光。

最差心态，是恰好知根知底，洞悉美景背后的血腥。

比如，我散步在哲学小道，接儿子的微信："建议您就近看一看蹴上铁路小道，很有野味的哦。"

我么，我不去。因为我知道，"蹴上"这个地名，和幼名牛若丸的源义经有关。当年他十六岁，骑马经过那里，被迎面而来的仇家随从的马蹄溅起的水，弄脏了衣服，他一怒之下，杀了对方十个随从。此地便因此得名"蹴上"。

我今天也蹴源义经一下，我就是不去，你这个充其量才一米三几的矮子（有人从他遗留下的甲胄推测，身高在一米三一左右），牛什么牛？！

公共场所，无论车站、超市，还是饭馆、厕所，事涉两人以上，自动排队。

规则，是潜移默化在血液里的。

"隐藏着的花才是真正的花"，能剧大师世阿弥如是说。

同理，深藏不露的实力，才是真正值得敬重的实力。

"山下歧路多，山顶同见月"，有一首歌这样唱道。它说的是"见月"之人的殊途同归。一个人，可以既是木匠，又是泥瓦匠；可以既捕鱼，又每日舞剑；总之，只要有一种技艺能够达到无人能及的精湛程度，就算是登上了人生顶峰。故此，不论是渔夫、泥瓦匠还是武士，大家都能够经历不同的道路抵达"见月"之境。

语出《京都流年》，作者是奈良本辰也。

写游记也是这样，不管你采用哪一种体裁，只要火候到了，都能达到你所希望的境界。

青青延中草

刘成章 / 文

一转眼老了少年。

少年那时候真是一个小动物啊，他走着走着都要跳起来，跳起来摸一摸崖上的蒿草。他心头喜悦眼睛明亮喊声如歌。

何况相跟了一伙同学。

何况又是开了春的时节。

山头上积雪已化，农人们扶犁耕作，牛，沉默得就像一疙瘩一疙瘩滚动的黄石。阳光下，可以看得见土壤在翻浪，浪花上冒出袅袅地气。我们就从那山坡上跑下来，不论男生女生，两只鞋里都是土，因为学校的钟声在催，在催。

"快点，小心迟到！"

"放你的心！"

师生们集合在一起。我们的身后是老师们住的一排石窑洞。我们的面前是讲话的校长。老师们就站在我们的周围。

我们的学校延安中学是党在神州亲手创办的第一所中学。

我们其时的校址曾经住过贺龙将军和他领导的联防司令部。

解放战争中，我们当时的大部分老校友都在野战医院当过护士。

我们的队列一行一行，阳光照耀下，就像从山头延伸下来的犁沟。没错，一行一行，就像山头的犁沟延伸下来。延伸下来的是春日的犁沟，是犁沟的图像美。山上的犁沟土肥墒饱，我们也有那泥土的气质。山头的犁沟正在播着种子，而我们这犁沟是超越季节的，无论我们的容颜还是心灵状态，哪一行不是生机蓬勃？

其实我们的队列也像刚刚学过的《涉江》，《涉江》是我国先秦伟大诗人屈原的作品，是诗，诗不同于散文，诗是分行排列的。我们一行行的整齐队列多像《涉江》。《涉江》的文辞虽然艰深难懂，但我们毕竟已大体明白了。重要的是，虽然相隔两千余年，我们这一群少年的心，是和《涉江》相通的。读《涉江》的时候，真正是一种享受。我隐约感到，我们的身上也有《涉江》的节奏和韵律。

我总是一到课外活动时间，就赶到图书馆去了。首先扑进阅览室，如一只觅寻猎物的小狼。小狼应该不识字，而少年已是中学生。《人民文学》《文艺学习》《陕西文艺》《说说唱唱》《新观察》，每拿起一本，我就像开饭时捧起的好饭菜，一筷子一筷子地塞到嘴里，大牙小牙都忙得不亦乐乎，像饿坏了的乞丐一样。好像总也吃不饱，吃不够。哦，那杂志的封面人物是庄子吗？请问庄老先生，你是否说过："子非鱼安知鱼之乐？"你的话饱含了哲理的光辉。我就是那鱼，二十世纪五十年代初的年少的鱼，谁也想不来我有多么快乐！真的，我能从那些字里行间咀嚼出无限的美好滋味。有时候，虽然听见开饭钟声当当地响，我也舍不得离开，也觉得不再去吃满可以了。末了，总要再到借书处去，把凡是藏有的文学书，特别是诗歌，不管是古的今的，中的外的，一本一本借过来看。我曾在一首习作里写过："路漫漫，荒野小店前。"现在想起来，我们那简陋的图书馆就像那荒野小店。荒野小店的老板娘和店小二啊，恕我在这里这样称呼你们我亲爱的老师们，我那时是你们非常熟悉的小小常客。相信你们现在还能记得我，记得那个几乎把延中图书馆的文学藏书借遍了的学生。嗨，这个学生啊，这学生就像贪吃的马驹子，吃着河畔的还眼望坡上！

哦，青青延中草！

哦，贪吃马驹子！

那时候全延安地区只有这一所中学，所以各县的学生都来延中上学。同学们无一例外的都是住校生。宿舍是大窑洞，每个窑洞都安放着一个大通铺，七八个同学便住在一起；终年住在一起便滋生着特别亲切的感情。每天脱衣睡觉的期间，总有说不完的话，开不完的玩笑，有时还拿出作业凑上油灯请同学帮帮。而熄灯钟一敲，老师就前来查号子了。老师是在催大家要按时睡觉。昏黄的灯光昏昏黄黄，老师是什么表情，是根本看不清的，因为油灯太暗了。

其实一到晚上，即使是上晚自习的时候，小油灯难抵夜色的浓重，到处便是一片模模糊糊，昏昏黄黄。"一灯如豆"，是我们古先人对麻油灯的十分贴切的形容。隔着岁月的层峦叠嶂，现在回头看过去，越觉得那形容准确传神。当然不应该是豌豆黑豆，豌豆太圆，黑豆太黑；大概是红小豆吧，红小豆在那里显现着一点红红的微明，一阵风吹来，忽闪忽闪，要死不活；风一大，就干脆黑灯瞎火了。其实我们当时对此是无所谓的，并不觉得是受着委屈。因为我们古中国的夜，夜夜都是如此。一代代的读书人，一代代的青灯黄卷。所以我们延中点着这样的灯，毫不奇怪，最亮也只能像大雾中地上的碎小野花，在寂寂寞寞地摇曳。一年又一年地摇曳。

忽然有那么一个晚上，那可是我们延安中学划时代的一个晚上呀，呼啦一下，每个教室都亮起了电灯，一道闪电划破夜幕光芒四射，照着欢呼的少男少女，照彻了一个个青葱的生命；那些兴奋的生命还来不及细看，视野中，校园后边的山已被电光所激醒，庄稼杂草树叶都猛地伸胳膊踢腿，惊得宿鸟扑噜噜四飞。是谁？是谁按下了电路的总开关？是校工还是哪个老师？他当时是怎样的心情？反正我记得，当电灯呼啦一下照亮了每个教室的时候，欢呼声便狂卷到每个角落。稚嫩的男女嗓音，嫩雷一样，清脆响亮，地动山摇。什么是社会主义的美好远景？那时的通俗说法是："电灯电话，楼上楼下。"啊，社会主义的万丈光辉照耀着我们啦！多么亮啊！多么富丽多么璀璨令人目眩！啊，打开每一册课本！啊，翻看每一页作业！啊，那刚才还是昏昏黄黄的古波斯，那刚才还是昏昏黄黄的汉刘邦，那刚才还是昏昏黄黄的"坎坎伐檀兮"，那刚才还是昏昏黄黄的dasiweldaniya（俄语，"再见"的意思），那刚才还是昏昏黄黄的惯性定律，那刚才还是昏昏黄黄的二次根式和昏昏黄黄的草履虫，一刹那，都抖落了昏昏黄黄抖落了夜色汇成了一片闪电照射下的万般品类。

从此我们延中的夜，是电灯照亮了的夜。哦，一盏一盏明亮的电灯，一颗一颗25瓦的小太阳，一扇一扇辉煌的窗子。延中啊，我们的不夜的延安中学，每晚都像小小的天安门广场。你迈着双腿走过去，一脚一个灿烂。

那时候的我们，不像现在的中学生似的竞争那么激烈压力那么大，思想活跃，兴趣广泛，对时事的关心程度非同一般。我们班有几个同学，上午一下第二节课就抢着到门房取报纸了，取出来就在附近边读边评点，周围总会围着十几个同学，人人都会插上几句。脚下，有时是白雪之冷，有时是烈日之烫，有时是总也扫不完的柳絮绒球滚来滚去；而心中，总是国家大事和世界大事。

因为我一直是扭秧歌演戏的积极分子，还有点儿组织能力，所以被选为学生会的文娱部长。学校的黄土筑成的舞台上，过上一两个月，总会演出一些由我组织的小戏之类的节目。那时候电影是一种奢侈品，有一次我请电影队来放《董存瑞》，同学们把场子挤得严严实实。放到少一半，忽然下起雨来。我问同学们："怎么办？"大家异口同声："放！继续放！"雨，下个不住，雨，越下越大。放映机的光束里，雨珠像小瀑布一样泻落下来。黑暗中，雨水往头上浇。雨水在脸上流。雨水朦胧了眼睛。银幕上。碉楼。董存瑞奋力举起炸药包。不死的英雄啊，鼓舞着我们栉风沐雨。啊，少年人的心，少年人干渴的心，多么需要好电影像这潇潇之雨一样浇灌！

下吧，下吧，潇潇之雨！

雨洗青草草更青！

延中青草多养分！

我的体育向来不好。跳木马，体育老师教了好几遍，大部分同学都顺利跳过去了，我却不能。我心里的木马简直像刀山一样狰狞可怖。我一遍遍地鼓起勇气，一遍遍起跑，一遍遍在刀山之前撒了气。老师脾气有些急躁，顺口喊道："你怎么老是跳不过去？跪下！"我只好跪下了。一刹那，老师好像意识到什么，马上让我站立起来。这，在我的心上，好像根本没怎么介意，甚至活像做了一场有趣的游戏。可是隔了两天，校长严厉批评了体育老师，说他怎么能对学生施行体罚！体育老师立马前来找我道歉了，态度何等诚恳。我该说什么呢？我向老师深深地鞠了一躬，转身跑了。但校长和体育老师的举动，并没有随风散去，它深深地印在我的心里了，使我常忆及。

怀着诗人梦，我不断写诗，不断向报刊投稿。那时候寄稿是不需要贴邮票的，在信封上剪个角，再信手写上稿件二字，稿子便像长了神鹰之翅，要飞哪里便是那里。我的稿子多是飞出去又飞回来了。但我不气馁，照样再写再让它飞。有些竟幸运地飞到那里不再回来了，而是化作报刊上的美丽铅字，并且给我寄来了稿费单，好像天下的每一只喜鹊都向着我欢叫了！少年们特别容易互相影响。不知过了几月几周，在这个班，那个班，都有人在写了，都有稿子飞来飞去。一时间，我们学校收发室的信插里，每天都会有十来八封关于稿件的信，当然大部分都是退稿信。有个同学大概受了老舍笔名的影响，起笔名为老迈。他的退稿信与别人大相径庭，别人的都是"某某同志收"，而他的呢，却是"老迈先生收启"！我那时常想，当远方的编辑同志书写这几个字的时候，他脑子里浮现着怎样的人像？胡子拉碴？端着一杯酽茶？吭吭吭地咳嗽着？殊不知，我们的老迈先生才十四五岁的年纪，红领巾常歪戴在脖子上！

少年时代精力的旺盛，实在是难以估量的。我在延中上了几年学，就写了几年诗，就投了几年稿子，然而学业成绩一直还很不错，多次被评为最优等生。不过有时简直写诗写得有点入魔了，在一定程度上影响了正课学习。值得庆幸的是，我们的老师都很开明。我感觉得到，他们自始至终都以赞赏的目光悄悄地注视着我，鼓励着我，当我不自觉地走了些弯路的时候，他们也没有厉声指责过我，磨掉我的锐气。

哦，青青延中草！

哦，延中草，草青青！

是的，我那时候是文学原野上的一匹小马驹，我一边吃草一边奔跑一边自由地环望四方，是时代和母校给我提供了一个天地辽阔云卷云舒风雨适时水草丰美的成长环境。我每每想起来心中都在悸动。现在，2018年8月，我们正在庆祝母校延安中学的八十周年华诞。我谨以此文，以老骥伏枥的咴咴嘶鸣，向她献上激越的、不老的、最美好的满心情意。

米粉，还是乡愁？

坐忘 / 文

很多年以来，我一直羞于承认自己的"文人"身份，和"文艺青年"一样，这俩都不是好词，一旦被添上这样的标签，往往意味着，孟浪，不务正业，废柴，无能，"百无一用是书生"，再升级加强版，那就是没有气节没有骨头甚至没有最起码的道德，"文人无行"，似乎谁都可以这么理直气壮地啐上一口，当然，这话如同许多中国谚语俗话一样，是经不起严谨推敲的，然而，汉字的国度，是一个并不在意和重视逻辑的领地。

而今，渐渐地，我终于变成一个勇敢的人——照见了真正的我自己，明心见性，我安然并自豪于我的"文人"天职，没错，这就是我的命，我生来就是干这个的，不文艺，我会死；不诗魔，不成活。诗文缘情而发，而几乎所有的文人，笔下都有关于"乡愁"的题材。我自己，却是一个例外，没有吗？也不是，偶尔起兴，笔落惊风雨，网络时代，读者朋友的反应无障碍传递给我，"宝宝，你想家了。"他们知道我早就离开了自己的故乡，然后又挥别了故国。可是，我知道，在自己浩如烟海的写作素材库里，"乡愁"所占的比例，百分之一也不到。

也许，我是一个没心没肺的人吧？难免带着一点羞惭和讪意，然而，再清晰地梳理一下，我就知道，真正的原因，大概是，我并没有过一个温暖的原生家庭，童年和青春期，是我最可怕的噩梦，地狱冷冰冰，从来没有过慈母的爱，父执如山，或者手足之情，只有父母互相仇恨厮杀，然后，母亲自杀，我作为唯一的孩子，这个失败婚姻的纪念物，在父亲的毒打和詈骂中长大。故乡，就是我度过童年和少年的地方，如果我对承载了这种回忆的时空充满眷慕怀恋，那我是不是应该转而担心自己患上了严重的斯德哥尔摩综合征？

然而，惆怅旧欢如梦，故乡，仍然是让我有一丁点回忆和牵挂的……

毕竟，我是一个生命力茁壮旺盛的人儿，从小酷爱读书，主要是课外书，非常厌恶写作业，从来完成不了，具有旺盛而没有穷尽的好奇心，和特别熟悉的朋友们在一起，秒变人来疯，上天入地，出尽百宝，非常快乐，是的，就是非常快乐，现在回忆起来，我也忍不住骇笑，为什么一个人在那样一种环境里，竟然还可以快乐到我那种程度？我的没心没肺真是源远流长啊！许多年以后，发小冬冬看到我的小儿子，实在忍俊不禁，她觉得好像看到我的翻版，因为我小时候也是那样一个鬼马精灵的跳脱孩子。

除了我的发小们，故乡最让我柔肠百转的，大概就是舌尖上的味道了，甚至，我也可以直接说，故乡，对我而言，等同于舌尖上的味道。

离开了湖南之后，我是再也吃不到地道的家乡米粉了。

北京的米粉，并没有新鲜的，都是干米粉泡发，一不小心，就煮得太烂，夹不起来，要么，就略微发硬，最糟糕的是，怎么煮都没有鲜味儿！

湖南早点摊子上的米粉，是新鲜米粉煮的，软软的QQ的，配上高鲜骨汤，再辅之以不同的浇头：榨菜肉丝，三鲜，牛肉，或者猪脚，任君选择，丰俭由人，客官慢用！爱吃辣的，就自己加上一勺店家自制的剁辣椒，或者还有辣椒萝卜皮。

十九岁离开湖南，我在北方待的年头，已经超过这个数字，虽不衣锦，没羞没臊如我，仍然大刺刺还乡，回乡必吃粉！如果不是担心拂却亲朋的美意，我真是恨不得一天三顿，顿顿米粉！我一直疑心自己有阿斯伯格症，对米粉的专注也可能和这个有关？2016年，在湘潭的时候，我经常早上吃两碗米粉，选两家店吃，一个是稍微给自己留点面子，维护一下形象，另一个原因就是我想吃不同口味和浇头的米粉。非常遗憾的就是，当时带着小儿子，这个三岁的小不点儿吃货对米粉的兴趣寥寥。

作为地道的吃货，我曾经突发奇想，试图在家自制米粉——从大米开始。同为吃货的表妹打消了我这个念头，因为米粉只能用早稻米陈米做，这样才好吃，而市面上的新鲜晚稻米，并不适宜制作米粉。

也许是因为这个原因，气候和环境决定了越南人也爱做爱吃米粉，加拿大早年有不少的越南难民，所以越南河粉店比比皆是。越南河粉与湖南米粉材质相同，形状各异，前者宽宽短短，后者圆圆细细，配的料也完全不一样，越南河粉汤往往有豆芽菜，柠檬，薄荷叶，卤牛肉或者牛丸，虽然别有一种风流，可是，终究不是我记忆中最爱的故乡湖南的米粉味道！

如今，我已是不惑之年，可是，内心深处，那个朗朗大笑，好奇心无衰无绝，不尽长江滚滚来的少女，仍然童颜不改。我早就离开故乡湖南那个三线工厂，亦已去国几万里，隔着太平洋和十二小时时差，可是，想起舌尖上的故乡，一切都历历在目，我还是当年那个少女，兴兴头头地在米粉摊子吃早点，脚踩风火轮，忙碌沉醉于自己热爱的一切事情，偶尔爆发杠铃般的大笑。

忆念醇厚的好友陈忠实先生

——与陈忠实先生三次温暖的握手

张凤 / 文

忠实先生飘然遐往长别，已近三年。心香清韵，这两年来系念悲怀忠实先生，在欲言又止挥之不去的忧郁哀伤之余，更加深忆他一脸憨厚沧桑的笑容，和与他20多年交往的点点滴滴。

首度遇见陈忠实先生，是在1995年春的哈佛大学校园内。那年4月上旬，陈忠实与西安联合大学教授王仲生偕行访游美国加拿大，并应我们之邀来到哈佛大学和耶鲁大学作演讲，同邀的贾平凹因事缠身没有来成。实际上，1995年刚开春，我们就已提前联系好这次"春天之约"，而这一难得的缘分，最初来自王仲生教授的弟媳刘慧坚。刘女士之前曾供职于哈佛燕京图书馆，担任叶山教授 Robin D.S. Yates的助理（叶山教授办公室曾在馆内，他本人也参与了李约瑟Joseph Needham主持的《中国科学技术史》分册写作，后任加拿大麦吉尔大学教授和东亚研究中心主任）。那次，刘女士向我提起邀请大陆作家赴美交流讲座的设想，我便向挚友——耶鲁大学东亚系主任孙康宜教授"借光"——借她的"大名"来邀请，愿望就此一步步实现，孙康宜教授是美国常春藤盟校首位华裔女性系主任。

其实，早在1993年8月，我借初次返回大陆寻根之机已经接触到了陈忠实的代表作《白鹿原》。当时，正值"陕军东征"，陕西籍作家作品在中国文坛开始风生水起。6月，《白鹿原》付梓出版，当年内即重印7次，总数达56万多册；7月，人民文学出版社、陕西省作协在北京联合召开《白鹿原》研讨会；紧接着，中国香港、台湾地区也出版了该书的繁体版……顷刻，陈忠实和贾平凹等的作品火热面世，正如名评论家北大陈晓明所说：标志着20世纪90年代中国文学的重新出发，一个断裂时代的文学重整旗鼓……借助市场的自由空间，开始它声誉日隆的行程。市场的成功反馈到批评界，一时间激荡出各种争论、批判、赞扬的声响，可谓百家争鸣。

然而因那时大陆作家出国者甚少，来哈佛、耶鲁的更屈指可数，所以陈忠实虽远名在外，海外华人读者却始终无缘亲见。

4月22日上午10时，北美华文作家协会纽英伦分会在哈佛燕京大礼堂举办了关于中国当代长篇小说的演讲，由我召集主导。会上除了大陆作家外，郑愁予等来自宝岛台湾的名家也联袂同台演讲。其间，孙康宜的演讲主题是《张艺谋电影中的性与文化隐喻》，王仲生讲的是《评〈白鹿原〉兼谈中国当代文学》，陈忠实的演讲主题则是《漫谈〈白鹿原〉的创作及反映》。从陈忠实的演讲中，对他的印象是朴实诚恳，觉得他所说的都发自肺腑。

隔日礼拜天晚间，在春花烂漫的波士顿城郊，我特地再邀请时任纽约佩斯大学系主任的郑培凯教授，他后赴香港城市大学创办中国文化中心并出任首任主任，与陈忠实和王仲生在大波士顿区中华文化协会同台对话。当谈起写作态度时，陈忠实诚恳地说："写作不能随波而做违心之论。"

接下来的几天，我在捧读忠实先生签赠的《白鹿原》之余，还曾与他数度欢聚。记得在哈佛附近王仲生的弟弟、弟媳家中，我们一起开心地品赏主人款待的地道西北酒菜。席间谈起这次参访美加之行，陈忠实打趣地说："此行没有翻译，我们全凭手中的几张纸条，上写：请问火车站怎么走？卫生间在哪？请带我去哪儿，等等，居然也走了一路。"

越三年，由中国作家协会和泉州市政府主办、华侨大学协办的"北美华文作家作品研讨会"，于1998年9月28日至10月5日在华侨大学举行，我与1997年刚获得第四届茅盾文学奖的忠实先生再度相逢。那年，我奉母参会，和於梨华、萧逸、蓬丹、黄美之、张天心、裴在美、少君、王性初、宗鹰、林婷婷等北美华文作家，王蒙、叶辛、铁凝、舒婷、赵玫、刘醒龙、胡雪波、顾圣皓、陈忠实等国内著名作家，刘登翰、赵遐秋、曾庆瑞、顾圣皓、白舒荣、杨际岚等文学评论家共47人，同聚华大校区，研讨美华文学的过往及其指涉的文化观。

因恰逢中秋，华大为了我们能"离家过团圆"而特地安排了雅致的晚会，主题：月是故乡明。师生将我们北美华人作家的作品进行配乐朗诵，大家边欣赏美文边品茶赏月。晚会上，忠实先生尽兴登场，一展三秦大地的厚土民风。他的表演不同于朗诵，而是地道的陕北民歌，只见他放声唱起："人人都说咱们两个好，自有还没有拉过你的手；头一回到你家你不在，你家的黄狗把我咬出来；

二一回到你家又不在，你爸爸打了我一烟袋；三一回到你家还不在，你妈妈砸了我一锅盖……"真是怎一个酸味诙谐十足了得！后来，擅"作點"的湘籍作家彭见明竟顺着这首"老腔"继续发展了第四五六回："四一回到你家你还在，你躲在屋里不出来；五一回到你家你还在，你正要出门谈恋爱；六一回到你家你还在，你坐在火炕上生小孩……"多年后，我们还在回味陈忠实的那段精彩。只道他平日韵味深沉，神情竣刻如凝愁，手里夹着一支雪茄；其实内在欢郁激荡丰富，倒海翻江，轮到他，就有忠实的兴味！

忠实先生腰杆儿端直、脊梁不弯，他说自己就像他《白鹿原》书里的主人公，他的曾祖父也是这样子：个子很高，因为腰挺着，显得威严，村子里走一趟，那些门楼下袒胸露怀给小孩喂奶的女人都会被吓回家里。现实中，陈忠实在人前常木讷无语，多人相聚也全不改那种脾性。在名山古迹游历时，大伙儿都随着导游，他却总是静默地走在最后面，或研究外面的楹联牌楼或抽他的烟，任真自得，或许史事古庙他早已看多了吧。梗梗肃穆的他当见我这扶母旅行的女儿，却总是一脸可掬的笑容，令人倍感温暖诚挚。

听说无论谁找忠实先生闲谝，他都接待，但一语不和就会撵人，绝不客气，一边撵嘴里还一边说："走走走赶紧走，额还有事哩。"于是，一如往常担心打扰，当我于2009年秋应邀去陕西师范大学演讲时，虽到西安却并未敢惊动他和贾平凹、王仲生诸位，但友人们仍热切地传了消息去。

忠实先生得知后，立即赶来相叙并邀我翌日同游白鹿原，这可真是令我出乎意料、喜不自胜的机缘，难以推辞。为此，未曾相忘于文学江湖的他，还特意安排了一个小小的车队如写陈忠实传的邢小利等，领我和一众文友，同上白鹿原。时令刚入初秋，我们乘上轿车，在那阳光蒙昧并未明朗早，中午融融的雾色中，不疾不徐地行驶在绿化的公路及塄坎间，出城往东南高阔的白鹿原而去。那时，借着"作家之乡"的誉满天下，白鹿原早成景点。当地乡亲们还在此立下了一座高高的、刻有陈忠实亲书"白鹿原"的瓷碑。

从"白鹿原"碑望向西安城，日走云迁有些霾隐，极目眺望，灞桥烟柳却都看不到了。忠实先生见此喟叹说："废气污染后柳色尽失，尽管正儿八经地建成了浐灞国家湿地公园，老堤内外也种了稀罕的花草树木，但一时仍难从印象里的灞桥转换，还是怀念过去，爱在柳色喧哗的堤上漫步。"

此刻，流淌着黄土血脉、矢志塑造渭河流域深厚乡党史的陈忠实，站在入秋的长堤上伫立远眺灞陵，认真地倾诉："汉文帝就葬在白鹿原西端北坡畔，坡根下便是自东向西倒流着的灞水，距我村子不过17里路。文帝陵史称灞陵，依着灞水而命名。地处长安东郊，自周代就以白鹿得名的原，渐渐被灞陵原、灞陵、灞上之名取代。灞桥距文帝陵不过三四公里，《史记》里的灞陵原又称灞上，泛指白鹿原以及原下的灞河小河川，灞桥在其中……"谈吐间，我能真切感受到他对这高缓的黄土原的无限依恋，感受到寸寸黄土河山都饱含着他承载的心念。

接着，我们再随忠实先生去白鹿原上的农家。陈忠实视民如亲，他对乡村的体验及生活积累，对农民天地的了解见证，为他的创作打下了最自然和坚实的铺垫。他曾说："有时在路边的树荫下蹲下来，和乡党一扯就是两个钟头，谈到的独特农家的事情，常常牵动深深感情。"原上一马平川望不到尽头，多是平展展的土地；绿树小村、袅袅炊烟，院落石墙犬吠鸡鸣，槽头的高骡大马一头头都像昭陵六骏；秋气缓扫落叶，舒适修葺的农庄水井，令人感受宁静的韵致。这是他钟爱的新农家大四合院，淳风漫逸，有着无可替代的诗意。

下原后，我们前往蓝田。所谓百里不同风，陈忠实经常开玩笑说自己是半个蓝田人。他小学高年级时在灞河北岸蓝田县油坊镇就读，当然不会忽略这"日暖玉生烟"的蓝田。一路上他娓娓而谈，说："蓝田有'厨乡'美誉，正所谓一把铁勺走天下。当年的御厨王承恩、李芹溪、侯治荣等，都是蓝田人……"他还为此专门题词"让蓝田勺勺搅香世界"。看得出，蓝田美食早已成为他时刻惦念传承的三秦文化之一了。他请我们用餐时，餐厅的主厨特意出来招呼感谢，并精心制作了多样面点供我们品赏：酥脆的麻罗油糕，带着紫红的诱人色泽；还有一条不断的荞面饸饹……手艺巧得令人眼花缭乱。他说："我长大后还常在路边小摊前品尝这些面点，就为重新享受儿时美好的味觉记忆。"

2012年，我再度获邀到北大和北师大等演讲，也在世界华文文学高层论坛上发表演讲，并因此再度来到西安。演讲完毕，正当我照例专心聆听其他专家演讲并做笔记时，刘征博士俯首悄悄在我耳边说："张老师，请来外面一下。"出去一见，陈忠实等人正在外面会客室等候，只见他静水深流、低沉醇厚地说："我是专程来看你们这些老朋友的！"

欢叙之间，陈忠实主动为我题下：

和张凤在西安第三次握手，深以为幸。

陈忠实 二〇一二年六月八日 西安

这三次温暖的握手，想来是指2009年在西安的两次和这一次。实际上，他予我那温暖的历史感，早已一而再地于存念的手迹上显现：1995年哈佛初春之约《白鹿原》作品上的题书，1998年泉州仲秋在我日记小本上写下的陕北民歌……在我心中，多年来与他的翰墨往来，哪怕是传真，都已成无价之宝。明了彼此的日程忙，在陈瑞琳和程国君及我等"游说"之下他终于应允进入会场，全体起立鼓掌欢迎。依依不舍地离别之时，我心里默默祈福盼哪年幸能再聚，但万万未料到这竟是最后一面。

我与忠实先生最后几年的通讯，多由伴着他来的白鹿原同乡、西安石油大学人文学院王新建教授代传。2002年，王新建教授专门找到忠实先生，礼请他成为石油大学特聘教授，并为他在雍村预备下住所。此后十余年，陈忠实日日素简地在学校食堂吃着大灶，除讲学之外，还创作了不少新作品。

忠实先生行事为人都厚道，待以诚厚，他绝对厚偿；若不够厚实，他可能会有脾气，但也不会趾高气扬，不可一世。他的行事，正如写在《白鹿原》里的那些话：人行事不在旁人知道不知道，而在自家知道不知道；自家做下好事刻在自家心里，做下瞎事也刻在自家心里，都抹不掉；其实天知道地也知道，记在天上刻在地上，也是抹不掉的……

他对自己，是一如既往的乡土本色。他抽的巴山土炮雪茄烟，是味道极重的劣质烟。有人误认他爱抽雪茄，是高昂消费，他老老实实地说："咱没钱，抽这烂怂烟便宜么，劲儿大。"当有问为啥非要抽那么多雪茄时，他语出惊人："抽雪茄蚊子不咬我。"声誉鹊起后，他的作品改编成影视剧等多种艺术形式，版权费比版税高，他坦言这才使得他"脱贫"。

他对别人，则始终是古道热肠。王新建说："忠实先生来雍村后告诉我，他正在进行宽度、厚度的创作：就是扶持新人。"确实，厚道的陈忠实是在为新作者而活，尤其是为成长中的文学新人，这不也正是他用尽毕生心血浇灌的一部作品么。

暮去朝来颜色故，灞桥葱郁烟柳。如今，忠实先生已经自在地回到他由衷咏叹的白鹿原，享受那天光和地脉的亲和去了；而这位醇厚的好友，依然在我们的心头好好地活着。

那一缕书香，绽放在宋词的暮春

曾令骐/ 文

一

世间的分分合合，红尘的莺莺燕燕，冥冥之中都是有定数的。所以，才会有《三国演义》主题曲中的那一句唱词："聚散皆是缘。"

比如，一段刻骨铭心的爱情，可能来似疾风暴雨、天地色变，也可能去便泥牛入海、尴尬难言；再如，一份自认为超越俗世一切因素的友情，可能坚如磐石，也可能遇挫而崩、"望风披靡"。

所以，在不敢相信一切的时代，只有一颗文心，一颗洁白的文心，才值得我们"以身相许"。

二

一切的相遇，都是偶然中的必然。

与你相遇于吹面不寒的四月。那时，芭蕉新绿，樱桃正红；那时，唐诗的春风，宋词的春雨，总是那么的多情而善感。携手走进平平仄仄的古典，我的心也灿烂出一片春天。

纵是千山万水，但我们踏歌而行。山如眉峰聚，青春昂扬郁郁葱葱；水是眼横波，诗情荡漾杨柳堆烟。

三

于是，用文字记录下生命的点点滴滴。

从此，笔下不再是一个个缺乏血性的方块汉字，而是一个个有生命力的跳动的音符。一会儿峨峨兮若泰山，一会儿洋洋兮若江河。

一切的梦境都由心生，一切的追寻都诗意盎然。三径就荒，但心中充满绿意；梅兰依旧，故随春潮而起伏。飞花落墨，煮字疗饥，凭栏远眺，浅斟低吟。

四

陌上人如玉，此情世无双。可是，蹒跚的岁月总会有黄叶飘飞的时候，美丽的梦想总会带来美丽的忧伤。

少年听雨，红烛罗帐；壮年听雨，江阔云低。

人生如书，总是这样一页一页地轻轻翻去；人生若寄，总是这样不知不觉地渐渐老去。

五

我的土地是一块方形的荧屏，我的种子是一个个文字的形象。

晴也好阴也好，风也罢雨也罢，我劳作在我的南山坡上。

月下，荷锄归来；抬头，阡陌伸向远方。

五千年的大书，任我随意翻阅；五千年的故事，由我一目一行。

让疲惫的灵魂静静地栖息，在静静的殿堂安放梦的衣裳。

六

"我是人间惆怅客，断肠声里忆平生。"岁月如风，相思成茧，我将自己捆缚起来，隔开那一片喧嚣的市声，暂得片刻的宁静。

"银笺别梦当时句，密绾同心苣。"一切皆已成过往，只留下淡淡的忧伤，氤氲着阵阵的微风，给人以无限的遐想。

"斜阳独倚西楼，遥山恰对帘钩。"也许，青山作屏，绿水作带，一盏茶，一杯酒，一卷书，闲来一曲箜篌引，便是西都大散仙？

七

霓虹闪烁，人生多幻；世间的一切都会老去，唯有文心青春永在。它可以清词丽句，婉转流连；它可以凄绝淡远，起伏万千。

一切的文字都有温度，一切的温暖都沁人心脾。

因此，在这个浪漫多情的四月，携一颗文心，但愿就这样熏染在世纪的风里，但愿就这样绽放在宋词的暮春……

线条之美

梁衡 / 文

我第一次对线条感兴趣，是有人送我一个细长的瓶子，里面装着一种很名贵的牡丹油。但我"买椟还珠"，目不见油，竟被这个瓶子惊呆了。它的设计非常简洁，并没有常见的鼓肚、细腰、高脚、束口等扭扭捏捏的俗套。如果把瓶盖去掉，就剩下左右两条对称的弧线。但这线条的干净，让你觉得是窗前的月光，空明如水；或是草原深处的歌声，直飘来你的心底。我神魂颠倒，在手中把玩、摩挲不停。工作时置于案头，常会忍不住抬头看两眼。家里人说，你晚上干脆就抱着那油瓶睡觉去吧。

初中学几何时就知道，空间中先有一个点；点一动，它的轨迹就生成了一条线。所谓轨迹者，只是我们的想象，或者是一物划过之后，在我们脑海里的视觉驻留。原来这线条的美正在似有似无之间，是自带几分幻美的东西。主客交融，亦幻亦真，天光云影，想象无穷。正是因了它的来无踪，去无影，永不停，却又永无结果，也就永不会让你失望。线条，一种虚幻的、没有穷尽的，可以寄托我们任何理想、情感和审美的美。

点动生线，线动生面，在大千世界里，这线永处于一种过渡之中。当它静卧于纸面时就含而不露，或如枪戟之威，或如少女之娴；而一旦横空出世，就如羽镝之鸣，星过夜空。这线内藏着无尽的势能与动能。所以中国画的白描，不要颜色，也不要西画的透视、光影，只需一根线，就能表现出人物的喜怒哀乐，山水的磅礴雄浑。那线的起落、走势、轻重、弯曲等，居然能分出几十种手法，灵动地捕捉各种美感。叶落霜天，花开早春，大河狂舞，烈马嘶鸣。确实在大自然中，从天边群山的轮廓，到眼前的一片树叶、一枚花瓣，都是曲线的杰作。无论平面还是立体的艺术，一线便可定格一个美丽的瞬间，同时也吐纳着作者内心的块垒。曹植的《洛神赋》：翩若惊鸿，婉若游龙。髣髴兮若轻云之蔽月，飘飘兮若流风之回雪。秾纤得衷，修短合度。肩若削成，腰如约素。简直是一幅美人线描图。张岱的名篇《湖心亭看雪》，写雪后西湖的风景："天与云与山与水，上下一白。湖上影子，惟长堤一痕、湖心亭一点、与余舟一芥，舟中人两三粒而已。"你看一痕、一点、一芥、两三粒，虽是文字，作者却如画家一般纯熟地运用了点和线的表现手法。

线条既然有这样的魔力，便为所有艺术之不可或缺，或者算是艺术之母了吧。最典型的是书法艺术，洗尽铅华，只剩了白纸上一丝黑线的游走。那飞扬狂舞的草书，漏痕、飞白、悬针、垂露等等，恨不能将人间所有的线条式样收来，再融入作者的情感，飞墨于纸。或如晴空霹雳，或如灯下细语。就这样牵着人的神经，几千年来书不完、变无穷、说不够、赏不尽。再如舞蹈，一个舞蹈家的表演实际上是无数条曲线在空间做着力与势、虚与实、有与无的曼妙组合，不停地在我们的脑海里形成视觉的叠加。正如纸上绝不会有两幅相同的草书，台上也绝不会有两个相同的舞姿。这永不休止的奇幻变化，怎么能不教你的神经止不住地兴奋呢。至于音乐，那是声音加时间的艺术，是不同声音的线条在不同时间段上的游走，轻轻地按摩着我们的神经，形成听觉上的驻留。所谓余音绕梁，三日不绝，其实那梁上绕着的是些乐谱的彩色线条。

线条魅力的最高体现在于我们的人体。这不但是艺术家之着力研究、创作的对象，就是一般的女孩子甚或广场上跳舞的大妈也在留意三围、身段之类的美感。美容手术中最常见的便是去拉一个双眼皮，让你顿生光彩，信心倍增。而它只不过是在眼睛的上方轻轻地加了一痕。就这一"痕"，画线点睛，鱼跃龙门。而烫发，也不过是让直发变曲，就这一"曲"，回头一笑百媚生。中国古典小说中凡关于美女的描写，几乎都是线条的展示。静态时嗔鼓粉腮、娇蹙娥眉；动态时轻移莲步、风摆柳腰。就是一个女子忍不住妒火中烧，骂对方为小妖精、狐媚子时，仍然脱不了借用线条，妖狐其身，泼洒醋情，却又暗认其美。而男子的阳刚、伟岸、英俊，也无不是因为线条的明朗有力。

凡一物都有多宜性，如土地可种田亦可盖房、筑路、造林。人，除作为生产力的第一要素外，还是世间高贵的审美对象。世界杯足球赛时，许多女孩子都熬夜看球。我说你们又不踢球，如何这样关心？她们说："你不懂，我们不是看球，而是看人。"确实，那飞身一跃、腾空倒钩、贴地铲球、临门一脚，足以勾起女孩子心里的英雄崇拜。当一个人被用来审美时，其外形能使他人产生妙不可言的愉悦、发自内心的欢喜或一种不能自拔的相思。这全都归功于那些活泼流动而绝不重复的线条。莫泊桑说女人的美丽便是她的出身。燕瘦环肥，昭君端庄，貂蝉妖媚，女人身上个性无穷的魔幻之线就是她们的身份证。当一个男子爱美女修长飘逸、婀娜多姿的线条时，也会着意修炼自己虎背熊腰、铁肩铜臂式的线条。郭兰英唱："姑娘好像花一样，小伙心胸多宽广。"奚秀兰唱："阿里山的姑娘美如水呀，阿里山的少年壮如山。"这些都是在说他们身上阴柔至美或阳刚至强的线条。

马克思说："人和人之间的直接的、自然的、必然的关系是男女之间的关系。"异性相吸，在很大程度上可以理解为不同线条的互补与重组。所谓相亲，第一眼就是相看对方线条之比例、走向、明暗。天庭饱满，地阁方圆；明眸皓齿，顾盼生辉。所谓一见钟情，就是一下落到了对方用有形、无形的线条织成的网兜里，再也挣逃不脱。人类就是这样以爱的理由在一代一代的相互筛选中，告别猿身猴相，走向完善美丽。于是就专门产生了美术界的人体绘画、摄影、雕塑；舞台上的舞蹈、戏剧、模特；竞技场上的体操、健美、杂技，等等。这些都是人对自身形体线条的欣赏、开发与利用。你看，为了突现身材的线条，便发明了旗袍、短裙、泳装；恨手臂之线条不长，就发明了水袖，在台上起舞翩跹，挥洒人间，好不痛快。

线条的魅力不止于具体的人或物，还常常注入主观精神，可囊括一个时代，代表一个地域，成了一个国家或一段历史的符号。秦篆、汉隶、魏碑、唐楷，还有春秋的金文、商代的甲骨，这每一种字体的线条，就是贴在那个朝代门楣上的标签。同为传统建筑，西方哥特式的教堂多用直线、折线，将人引向上帝的天国；而东方宏大敞亮的庙宇，则多用弧线、飞檐，震悟大千，普度众生，展现佛的救世与慈悲。新中国成立之初，林徽因受命参与设计国徽与人民英雄纪念碑的浮雕。其时她已重病在身，研究出方案后便让学生去画草图。一周之后交来作业，她只看了一眼，便大声说："这怎么行？这是康乾线条，你给我到汉唐去找，到霍去病墓上去找。"多年前，当我初读到这段资料时就奇怪，只用铅笔在白纸上勾出的一根细线，就能看出它是康乾时期，还是大汉、盛唐？带着这个疑问，我终于在去年有缘亲到霍去病墓上走了一趟。那著名的《马踏匈奴》，还有石牛、石马等作品，线条拙朴、雄浑、苍凉，虽时隔两千年，仍然传递着那个时代的辉煌、开放、不拘一格与国家的强盛。康乾时期中国的封建社会已是强弩之末，线条繁缛奢华，怎能表现当时新中国的如日初升呢？

美哉！博大精深的线条。

玫瑰即使不叫玫瑰

张宗子 / 文

杜甫晚年写了不少赠友人的诗，采用五言排律的形式，三五十韵，不慌不忙，絮絮道来，如兄弟间的联床夜话，又似朋友间的对酒倾谈。《赠卫八处士》对此有细致的描写，电影镜头一样鲜明生动："今夕复何夕，共此灯烛光。少壮能几时，鬓发各已苍。"诗里谈朋友，说自己，回忆往日交往，表达思念之情，读来好比长信，令人想起白居易写给元稹的那些。杜甫喜欢写自己的生活，提到读书和写作的地方很多，如"老去诗篇浑漫与"，"晚节渐于诗律细"，如"读书难字过"，等等。他对朋友们的才华和作品常有精到的形容，有些对方是当之无愧的，如写给李白的那些，有些是客气话。客气话为什么还要说是精到呢？那是因为，假如受赠者当不起，拿来形容他自己，也正恰如其分。不论哪种情况，都不妨看作老杜的夫子自道，是他自得之处，或是他向往的境界。赠高适和岑参诗中的这两句，"意惬关飞动，篇终接混茫"，就是最好的一例。文章写到这样，真可浮一大白。想想自己写作，已经二十多年，长长短短，不下六七百篇，纵在心爱的那十几二十篇里，有几篇与之仿佛？进一步说，放眼几十年来上穷碧落下黄泉的阅读，又有几篇达到了老杜的标准呢？

宋人《漫叟诗话》中记载的黄庭坚谈自己书法的一段话，也使我心有戚戚：

"山谷晚年，草字高出古人，余尝收得草书陶渊明'结庐在人境'一篇，纸尾复作行书小字跋之，云：'往时作草，殊不称意，人甚爱之，惟钱穆父、苏子瞻以为笔俗，予心知其然，而不能改。数年，百忧所集，不复玩思于笔墨，试以作草，乃能蝉蜕于尘埃之外，然自此人当不爱耳。'"

超出尘俗之外，作者心里明白，像苏轼和钱勰这样的行家也明白，但世人为什么反而不喜欢了呢？因为字也许不那么"好看"了。世俗的好看还是一种表面的东西，这是大多数人愿意追捧同时也能追捧和理解的。理想的作品是既好看，又有好看之外和之上的东西，俗雅共赏。但大多数作品不是这样，阳春白雪不可能每次都闹得洛阳纸贵。恰当的举例不容易，且拿钱钟书先生当个顺手拈来的例子：读《围城》的肯定比读《管锥编》和《谈艺录》的多得多。《论语》的注本，朱熹和刘宝楠的再好，也比不过"学术玩票"者们的戏作。

黄庭坚对自己早先的字不满意，他说："余书姿媚而乏老气，自不足学，学者辄萎弱不能立笔。虽然，笔墨各系其人工拙，要须其韵胜耳。病在此处，笔墨虽工，终不近也。"笔墨"工"，很多人以为是了不起的本事，一些作家的文章就仅仅以此立足。其实，那些甚为雕琢，每句话都要绕个弯子，讲个浅显的道理必用一个看似玄妙的比喻，满地夕阳芳草，遍园月色紫藤的美文，望最好的方面说，不过小巧而已，连"姿媚"都谈不上。玩玉不妨欣赏"俏色"和"巧雕"，文章有更高的境界。雕琢取巧，与黄庭坚所说的韵胜，"不复玩思于笔墨"，相差何可以道里计。

我对书法是门外汉，然而黄庭坚很早之前就打动我的，却是他的一幅字，松风阁诗帖。此帖为台北故宫博物院珍藏，二十多年前，台北故宫精选出部分藏品，在纽约大都会博物馆举办"中华瑰宝"特展，因此有幸亲见千年前的大师手笔。当时站在玻璃展柜前，看着一个个拳头大的字迹就在触手可及之处，驻足良久，胸中暖流涌起，双眼竟要湿润起来。诗歌和野史笔记中的黄庭坚，就在那一瞬间，变成了一个有血有肉的形象。

我后来总忍不住把心目中的山谷道人，比作金庸小说《笑傲江湖》中的衡山派掌门莫大先生。莫大在出现在江湖豪士面前，不过一个其貌不扬的落魄老者，一把二胡不离身，拉出的曲调，酸苦悲凉，令人不忍卒听。但每到关键时候，诛杀奸邪，救助无辜，一招毙敌，如神龙见首不见尾，眼睛里精光闪动，猥琐一变而为神一般的凌厉庄严。

当然黄庭坚并不是这样的人，他从不悲苦，更不软弱，始终是倔强高傲的，像一棵皮如龙鳞的老松树，像一块崖头逆风的石头。但我这么想象他，是为了像令狐冲感受对莫大先生的崇敬一样，通过富于戏剧性的反差，加强这种崇敬和崇敬带来的快意。

年轻时候酷爱唐诗，中年以来，宋诗渐渐读出味道。宋诗存世量大，说喜欢，寻常名篇之外，认真读过的不过三几家，王安石、苏轼、黄庭坚，如此而已，其中黄诗还要打些折扣：读得最晚，理解不深，匆匆一过罢了。

读唐诗，从一开始崇拜李白，迷恋李贺，到抱着玉溪生诗集不撒手，再到终于领略了白居易的好处，最后由韩愈而归结到杜甫。杜甫和韩愈的方向，自然而然地指向宋诗，但并非春雨遍洒千岩万壑，而是秋阳在高峻雄壮的几处峰头上的辉煌闪耀，从王苏到黄庭坚为首的江西派，包括最出类拔萃的陈师道和陈与义，直至南宋的范成大、杨万里和陆游。

为了多了解江西派，我甚至去作吃力不讨好的事：学写七律。忽忽十余年，东鳞西爪，虽然不免画虎之讥，却也自得其乐。更重要的是，对黄诗确实有了更深的认识——当然是和过去的自己比，和专家是比不了的。陆游说"纸上得来终觉浅，绝知此事要躬行"，一点也不错。黄庭坚的《和答钱穆父咏猩猩毛笔》："爱酒醉魂在，能言机事疏。平生几两屐，身后五车书。物色看王会，勋劳在石渠。拔毛能济世，端为谢杨朱。"上学时被教导说，是形式主义。现在却是非常喜爱的诗。"形式主义"就不能感动人吗？即使没有很深的寄托，还有那份机智，不是不学无术者能装得出来的。陈师道的那首《寄侍读苏尚书》，用了那么多典故，说得那么委婉，然而真情毕现，每读都替受赠的苏东坡觉得感动：

六月西湖早得秋，二年归思与迟留。一时宾客馀枚叟，在处儿童说细侯。经国向来须老手，有怀何必到壶头。遥知丹地开黄卷，解记清波没白鸥。

作为作者，谁都希望作品广为流布，为世人喜爱。作者感激读者，在作品中是倾注了无限善意的。应该说，很少有作者专为自己写作，或者决意藏之名山，留等千秋万代之后。但是，好的作者毕竟有底线，不为阿谀逢迎而作。退一步讲，不为讨好他人而作。讨好权贵最不应当虽然事实上最普遍，讨好读者可以理解，但最好不要。苏轼并未为取媚于任何人而写作，作品照样风行一时，可见天道并非永远不公。黄庭坚的书法，最终也并没有湮没在时光里，每一件传世墨迹，都成了文化史上的至宝。

关于黄庭坚的字，同时代人惠洪的《冷斋夜话》有个很有意思的传说。一个叫王荣老的人，在观州做官，罢官后渡观江，一连七日大风，不能得渡。当地人告诉他，你的船上肯定藏有奇珍异宝，观江的江神很灵，你把宝贝献出来，就能过江了。王荣老先献出黄麈尾，又拿出端石研，珍宝献了三件，还是巨浪滔天。夜里他翻来覆去地想，我还有一幅黄庭坚的草书，写唐朝韦应物的诗："为怜幽草涧边行，上有黄鹂绕树鸣，春潮带雨晚来急，野渡无人舟自横。"取出来看，字迹龙飞凤舞，看得人恍恍惚惚。王荣老自念：'我都不认识，鬼能认识？"就以这幅字献祭。结果，"香火未收，天水相照，如两镜对展，南风徐来，帆一饷而济。"

做了江神的这个鬼，爱黄字到这种程度，也算泉下知音了。

伟大的作品终归是伟大的，正如莎士比亚所说，玫瑰即使不叫玫瑰，依然芳香如故。

（贰） 明月直入，无心可猜

什么是灵魂？如果说灵魂是神性的，不可知的，
那么与自我的对话，一定是对灵魂最大的滋养。
灵魂在对话中生长变大，自我在阅读中逐渐清晰。

地铁里的土去哪儿了

李辉 / 文

"你说，修地铁的时候，原来的那些土都到哪去了？"

从天安门西站刚坐上地铁还没到西单，刚刚还一脸兴奋的李老三突然满面愁容地问我。

真够操心的。刚刚从老家来到北京打工，就开始关心首都人民一亩三分地里的事了。

"运走了呗。还能咋？"我懒得回答。

李老三瞥了我一眼，显然是对我的答案不满意。毕竟，虽然我在北京每天要有近两个小时因为坐地铁上下班而不见天日，但在李老三眼里，这并不妨碍我仍然是我们村里最见过世面的人。

"这么多土，咋运？我看，肯定是在地铁下面重新挖了坑，把土埋里边了。"

把土挖坑埋起来？亏他想得出……我真不知道是要晕倒还是要跪倒。

"那新挖出的土怎么办？再在旁边挖个坑埋起来？"

"哦，也是啊……"

唉，没见过世面真可怕。

其实，我特别能理解李老三为啥能问出这样的问题，毕竟，我们是在一个村子里长大的。

祖祖辈辈，村里的人从来没挖过这么深这么多的土。

我们老家的村子叫陈家沟村。但奇怪的是，从小，我就知道我们村里根本没有姓陈的人家。

"在土里埋着呢，听说有两百多年了。"我家邻居李小三指着村西头一片山坡告诉我。"要不要我带你去看看？"他坏笑着故意吓唬我。

那时我还不到10岁，那时李老三刚刚20出头，大家都还叫他李小三。

土真是个奇怪的东西。土帮助很久以前第一个来到这个小山沟的陈姓先民建起了他的房子，长出粮食蔬菜养活了他和他的家人，然后又埋葬了他，留下他的名字在村子里流传。

"我看从天安门西站到西单站，都赶上咱们村从东头到西头那么远了。"

"将近四里地呢，比咱们村子两头距离还远。"

"地铁修得这么深这么宽敞，原来的那么多土，你说都跑哪去了呢？"车都过复兴门站了，李老三对这个问题还是念念不忘。

一个人，比如我们村里的人，比如李老三，就算和土打了一辈子交道，在面对城市地铁这样浩大的建筑工程的时候，也确实难免会产生这样的疑问——这疑问里其实包含着赞叹。

这么一比，我们村里那些跟土打交道的事儿根本就不叫事儿。

虽然这些事，都关乎人的生死。

我们村里的人，大部分人，就拿李老三来说吧，这一辈子大概要和土打三次交道。

李老三小时候——还是叫他李小三吧——经常和郭老二、于三他们几个挖土坑和尿泥这事就不算了，偷摘张老大家的苹果怕被发现于是返回树下用土覆盖脚印结果被张老大他妈逮个正着这事也不提了。李小三作为一个成年人，第一次和土正式打交道，是他19岁那年他家翻建房子。

他家翻建房子，不如说是他爸妈为他建"新房"——以备将来娶媳妇用。

他爸排行老大，村里人都叫他李老大。

李小三得知他爸妈的意图后，干起活来特别卖力。那几天，他天不亮就推着小推车，到一里地以外的旱河边挖土往家里运。他知道，往家里多运一车土，他家的房子就能盖得快一些好看一些结实一些，他娶到媳妇的机会就多一些时间就早一些。

李小三有多勤奋和兴奋，后来村里的人都能想象得出来。为啥呢？就在他连续往家里运了3天土之后，第4天的早晨，他爸李老大发现他运回两趟后，迟迟不见运回第3趟。李老大不放心，到河边去找。远远地看见小推车停在那，人不见了。李老大喊了几嗓子，结果听见从地下传来李小三的呼喊声。到了小推车跟前一看，李小三在一个比他身体还高的深坑里跳着高试图往外爬呢。

原来，这几天李小三一直在这个坑里挖土，坑越挖越深，到昨天收工的时候已经和他的人一般高了。今天早晨，李小三越挖越起劲，挖了两车后，到了这第3车，一锹锹的土是从坑里扬到地面了，可是最后发现坑太深人却出不来了。李老大一边气得大骂"这么笨怎么娶媳妇"，一边从旁边搬来几块大石头恨恨地往坑里扔——李小三总算蹬着石头爬了出来。

李小三家的房子终于建起来了，他进坑挖土差点出不来的事也在村里流传开了。大家谈论起这件事比谈论新房子的建成更开心。

"从来没想到城里能把地下挖这么宽敞，还能走车。这么多土，能盖多少间房子啊！"车到军事博物馆站的时候，李老三跟我感叹。

"拜托你就别提你以前那件丢人的事了。"李老三知道我指的是什么，默不作声了。

人不管生活在农村还是城市，对房子的需求都是第一位的，那是用来安身的；第二位的需求是立命。

年轻的李小三开始第二次和土打交道就是立命了。村里人都是靠土地过活，没能走出村子的李小三也不例外。

在李小三家翻盖新房前三四年，他就已经辍学了。不过那几年他仗着年纪还小，上头又有两个姐姐，有时撒娇有时撒野，死活不愿跟着他爸妈到地里干活。新房建好后，李小三觉得自己是快要娶媳妇的人了，又因为经历过一次生死险情，到底成熟了许多，两个姐姐也已经嫁人，他开始意识到下地干活是自己的责任了。

可是这一回李小三跟土打交道又出了大事。他第一次干农活是他爸李老大安排他去地里给玉米上化肥。本来他妈是说要让他爸和他一起去的，可是他爸说"我不相信小三这回还犯傻"，于是打发他自己去。李小三学着他爸的样子，带上锄头和一个塑料舀子，用小推车推着半袋化肥独自去玉米地了。

中午回来的时候，李老大看到半袋化肥已经全都用完了，很高兴，夸奖李小三到底是他儿子。

可是李小三不高兴了，埋怨他爸："给玉米上化肥，还非要带个锄头干啥？怪沉的，又用不上，白拿个来回。"

"啥？锄头用不上？那你咋给玉米上化肥？"他爸又纳闷又着急。

"不就是舀半勺化肥放到玉米苗根上嘛！"

"啥？混小子，气死我了。你想把苗都烧死啊？回来收拾你……"他爸话没说完，扛起锄头就往外跑。他妈听了，气得红着脸对着李小三摇了几下头，也拿起一把锄头追了出去。

很多年后，李老三跟我说："当时我哪知道上化肥是要用锄头在玉米苗根上挖个小坑，把化肥放进去，再用土培上。我直接就把化肥撒到苗根上了，真烧坏了不少。"

李小三这次跟土打交道仍然没有打好。后来村里人都笑他"该挖坑的时候不挖，不该挖坑的时候深挖"。

跟土打了两次交道，盖起了三间房子，烧坏了一片玉米苗，李小三的命终于在老家的土地上立住了。

"年轻的时候，谁能不犯过几回错误呢。"车到公主坟站的时候，已经不年轻的李老三这样跟我辩解。

"不过，你说，地铁里的土到底去哪了呢？"

看来，不跟他说清楚这个问题，我这一路都不得安生。

土能帮人安身，也能助人立命，当然，土最终收纳一切，一切最终变成土。

轮到李小三这辈子第三次跟土打交道了。这时李小三已经成了李老三。

李老三40岁那年，他爸李老大去世了。

他家的祖坟在村东的"头道坡"上。按照我们老家的习俗，"打坟坑"这个活计逝者家人不能亲自参与，但是李老三也跟着去了，他站在坟地边上，看村里乡亲为他的父亲李老大挖长眠之地。

这回没有人再拿李老三犯过的两次错误说笑，一是因为李老三一直在旁边偷偷擦眼泪，另外更主要的，大家怕这样的说笑会留在坟地里，以后李老三的爸爸李老大听到了会觉得没面子，会为儿子生气、担心。

两天后，李老三他爸李老大下葬了。

"是不是快要到八宝山站了？八宝山我知道，电视里隔一段时间就会有新闻说到八宝山。北京的八宝山就相当于咱们村的头道坡吧？"

李老三肯定想到了他爸李老大。

李老大下葬的时候，李老三亲手向他父亲的棺木上洒下了第一铣土。

按照我们村里传统的说法，坟堆得越高越大越圆越好。

一锨一锨的回填的土，一车一车从几十米外的树下运来的土，最后，李老三和乡亲们一起，把李老大的坟堆得像一座丰满的小山。

这是一个人人生中最悲痛的时刻，也是作为土最不愿意见到的事情。可是也许只有在这个时候，人才能感觉到平时视若无物的土其实是有情感的，有温度的，无私的，神圣的；并且，有了土对逝去亲人的庇护，生者的悲伤会得到些许安慰。

土，在帮助一个人安身立命之后，以更加永恒的方式，接纳并关照他的身后事。

"我还以为八宝山站就是终点站呢，原来不是……"李老三说。

"不是。我们还有一段路呢。"

"这地铁线路可真长，得挖出多少土……"

我真想捂上耳朵，我真不想听到李老三再唠叨"地铁里的土去哪儿了"。

地铁里的土还能去哪儿呢？！

有些土，被李老三用铁锨挖了出来，运到另一个地方，盖屋建房。

有些土，被李老三的爸妈用锄头刨起来，然后，再填回原地；但是，这些土，发挥了新的功用。

有些土，被李老三和乡亲们以某种虔诚的规则和仪式，筑成标识，奉为神灵，庇护曾经生活在它上面的一个人，安慰仍然生活在它上面的一群人。

地铁里的土，也是这样。

"该下车了。"我喊李老三。

终点站，叫苹果园站。

葱之隐者

草长鹰飞 / 文

秋上大葱下来，壮观，奢豪，小山似的垛着，一车一车往城里拉。拿高粱秸捆，捆得腰粗。葱叶子耷拉在车厢四外，似秃噜地不秃噜地。有了专门卖葱的，街角树底下，胡同口人过处，蹚开块不碍事儿的地方，攥腿拎孩子似的，一捆一捆扔下来，卸个五六捆，顺条排着。

老爷子老太太围上，不打捆儿，掀着葱白掏，瞧瞧有夹土烂心的没有。询价问重打听产地，山东的不辣，旱地的扛得住存，掏钱。

卖葱的手里攥把菜刀："剁不剁？"

剁者，所指葱叶是也。剁过叶子的葱，刚剃完头的棒小伙子似的，少了噗噗拉拉纷披的叶子遮脸，白裤白袄脑袋上顶着那么一截饱含水汽的新绿——跨出街门预备相亲的准姑爷。

老爷子抱着车架子上一横，老太太张着瘪瘪嘴，根儿朝下戳拉车里，胖主妇干脆拦腰抄起夹着走——透着那么一股大咧咧的自傲劲头。车上的葱山眼瞧着矮下去，这儿一摊，那儿一摊，剁下的葱叶，厚起来铺一地，要把卖葱人埋了似的。半大孩子捡长的当剑耍，打个照面磕两下，葱涕流了一手，折了断了，摸俩新的回马再战。

也有日子过得精细的人家，拦着不让刹。回府大把薅下来，掐去黄尖儿，捋顺了一旁放着。发好面出门。牛肉羊肉猪肉，俩指头捏着翻，现绞。花椒大料姜碎泡水搅打，肉馅上了劲儿，盐，酱油，挤袋稀黄酱，筷子挑起凑鼻尖儿闻，添半勺盐再一顿搅打，蹾一边。葱叶洗过控干水汽，过刀，能切多细切多细，撒盐杀塌了秧儿，肉馅上一铺，点一柱子香油，随包随拌。

揭锅满院子香气，汤水流到案板上，不多，淡淡的酱色泛着油光，任谁都想趴上去吸一口。捏一个尝咸淡，俩手倒着避烫，努嘴吹，一口下去，馅儿和皮儿在嘴里倒嚼，悬浮着落不实，吸着气咀两口，"嗯，成，成嘿，不赖，忒是味儿了。"

大葱唱了主角，白蟒绿靠，台下直接上，旱地拔身蹭地一跳，落台面上震起银银磷磷的一层微尘——金鸡独立，稳稳当当亮相——饭桌一颤，人们的心上一紧，好——，碰头彩不由自主。

贱物之贱，在于管够，在于谁都吃得起。不心疼。可着劲儿造。摊鸡蛋，一切一整棵，葱碎把蛋液糊盖得严严实实，打蛋液成了不折不扣的拌。小半碗酱油来点香油，爆腌葱叶，就什么吃都得宜。虾皮的销量眼瞅着往起拱，油锅焙焦，大把葱花攘进去，不添不加任何佐料，葱软虾焦，好酒菜儿。下水便宜，猪的牛的羊的脾脏——那种被叫做沙肝儿的东西，买回家，盐姜酒醋腌够时辰，切飞薄的片，爆油滑炒，端着案板往锅里盖葱丝，薄薄的水芡——鲜炒沙肝儿，时令菜——馆子里没有。爆羊肉，剥芯儿使；鸭油葱花饼，捡嫩的来。

葱有味自成一家，可荤可素，和事佬，跟谁都说得来。图省事的，黄瓜腌葱，小盆儿装着；肚子里素又懒的，街上转悠，奔包子铺，牛肉包子最解馋，来碗白汤羊杂，胡椒粉辣椒油，葱末堆得冒了尖儿，抓多少掌柜的不着眼睐，够了算。摊个煎饼，捏一把葱撒上，抬头问："够吗？"够不够的，手心里积存的小半把一扬一点也撒了上头，铲挑，煎饼翻身，葱香味从铛上往四外冒，专找人的鼻子眼钻。君臣佐使，由幕佐而临君位，谁还不做几天皇上？

和尚眼里，葱是荤物，不入食谱。庙里有种倒炝锅的吃法别具一格。熬白菜，白水煮，另备调料——姜末花椒香油酱油醋几捏盐——碗里搅合，俟白菜开锅，合料倒入，见开离火。庙多空地，种一两株花椒树，掐芽揪粒儿，滋味都跟树要。百姓吃食不忌口，舍了花椒配伍葱花儿，有肉加点儿白酒，调料碗儿里碰头腌着等。熟了，一人一碗捧着吃，两大口，鼻翼准见汗。

民谚有"姜够本"一句，是说姜种下去，不论年景丰歉扒土见姜，至少不会比最初种下的种姜小，不亏本钱——透着那么丁点儿商人气。葱就不那样。冬储的葱解捆找地儿晾着，墙角房顶，兴许就忘了。上了冻，某天傍晚，三三五五的老鸹从四郊往城里飞，锅坐火上，门后头的葱堆仅剩一堆干皮子，再也扒拉不出东西，才想起小房顶上还趴着的那两捆。吃罢晚饭，站院里，屋里的昏黄灯光画出窗户的浅浅格子，大杨树干净的枝子夹着半牙蛋黄月亮，天交腊月，远处时不时炸俩炮仗，叼着烟卷登梯踩凳，不慌不忙拎下来扔门后头，慢慢化着。

葱上房，与新生命亦有关。添人进口，第三日，有个仪式，名曰洗三。由专业人士三姑六婆当中的稳婆导演，主角是登临这个世界刚三天的那个小肉人儿。导演称之为吉祥姥姥。孩子落草第三日的中午，近亲凑来道贺，主家以炒菜与面条招待，吉祥姥姥正座首席。吃饱喝足，产房外设香案，请来痘疹眼光碧霞元君十三位娘娘的神像，摆上香炉蜡扦，半炉小米空着等。蜡扦上挑羊油小红蜡，香炉再外，三碗五碗桂花缸炉油糕供上，碗下头压着黄钱元宝千张全份敬神钱粮。本家产妇的婆婆上场，上香叩首，姥姥陪着三拜。之后，转场到产妇的炕上来，槐枝子艾叶熬成的洗澡水早预备好，冒着好闻的青气儿，有一个算一个，家里由尊至卑，每人往澡盆里添一小勺清水，至亲至近的三姑六姨四舅妈，说几句吉祥话，往盆里添些东西，金银锞子铜钱硬币沉了底儿，大枣桂圆栗子水皮儿上一漂一冒。姥姥的嘴不闲着，添什么有一套对应的吉祥话。"长流水儿，机灵鬼儿……""枣儿栗子，生贵子……""核桃桂圆，连中三元……"

棒槌搅合澡盆，给婴儿洗澡，婴儿一哭，全体都笑，"响盆"。一个部位一个部位洗，一个部位有一个部位的说辞。"洗洗头，住高楼。""洗洗腰，一辈倒比一辈高。""洗洗蛋，当知县，洗洗屁股做知州。""揉揉小豆儿搓搓脚，赚下金银花不了。"洗完包好孩子，拿棵大葱，照着孩子虚打三下，"一打聪明，二打伶俐，三打喝水都是蜜。"用完的大葱，转手交给婴儿的爸爸，甩房顶上，借个吉音——绝顶聪明。

天交七月，连阴雨，房顶上的大葱吸饱了雨水打着挺儿找土，葱心探着往直里立身子。孩子的哭声里，吐一段新绿。

北京这个城终归有点老了，老得掉土。住久了的人，瞧见土都有个亲热劲儿。露天里，能占上的地方随手种个花花草草的。破缸破盆装点土，种什么都活。木箱子破脸盆，甚至拐角浮搭几块砖呢——能拘住土的地方有点绿陪着才不空旷。

吃不了的夏葱，北京人习惯找点土埋起来，随吃随拔。那样的葱，纤纤瘦瘦的，葱袍松懈，须短稍干，在珊瑚豆韭菜莲草茉莉堆儿里挤着，落魄秀才一般。

从心里说，我还是不想让葱识那么多字，字识多了想法多，受点挤撞，容易钻了自艾自怜的死胡同。当个力工呢，就挺好。膀大腰圆，凭力气掏本事，到哪儿都能挣碗干净饭吃——诸物皆宜，跟谁都说得来，不用求着谁，菜伯——谁喊着都能给搭把手，窝头咸菜，豆腐海参，随叫随到。不叫呢，不挑眼，角落里安安静静呆着——不逞强不败事，民间君子，挺好！

北京土话有形容人受了打击精神委顿忽然不济，曰：瞧瞧嘿，炒葱，瘪了。

王世襄老先生承继了一道家常菜，汪曾祺、张中行、扬之水等文人们的著述里多有提及。先生的公子王敦煌为此专门写了篇文字记述，据说此菜传自金北楼的长子金开藩，二十多岁就学会了。凭借这道普通菜看家守身，畅安先生在文人圈儿里赢得生前身后名。做法不复杂，海米，适量的水加酒发好，酱油姜末盐味精料酒调汁，取大葱葱白的肥硕部分切段，过温油炸软，捞出后倒调汁下海米，炸透的葱白二次入锅翻炒收汁即可。这道菜，叫焖葱。

说相声的最会打捞民间众生相。北京人管葱白与葱叶之间的连接处叫做"葱裤"，传统相声汇编中有那么一个小段儿，讽刺北京人的穷讲究。"伙计，你告诉灶上，把勺刷干净喽！要旺火。用小磨香油，炝锅不要葱白，也不要葱叶，要葱白和葱叶相接的那一块儿，叫葱裤，那个地方的味香好吃。"

葱实在太易得了，易得到谁都不在乎的程度。不在乎，又离不了。钱财极少，北京人说一壶醋钱两根葱钱。炒菜，火上锅快冒了烟，抓挠不着葱，冲街坊嚷一嗓子："大妈，借您根葱。"老太太在屋里挑着鸡蛋羹喂孙子，头儿也不抬："拿着吃去——"声言是借，没见有还的。大姑娘跟人吵架，脏口骂不出，专挑葱比拟——觉着自己是根葱，谁拿你蘸酱啊？装什么装，插上葱就是大象啦？

葱之于北京人，如一件衣服，久穿久洗撑起来自自然然。北京的春来以小葱应市为标志。春打六九头，地气浮起，成片先绿起来的，是葱。北京话里的这个"小"，有不值钱的意思，葱字儿化，表嫩。一掐子小葱，挂着春泥卖。每个菜摊都有，过日子不管买菜的主儿，瞧见了，忍不住也要买上一把，回家一瞅，桌上有，地上还有没择的。现烙的薄饼抹酱裹几棵，攥着吃，吃完来杯花茶，一餐饭。山东的煎饼北京人不大认，太费牙。家常饼，加酱裹葱的吃法四季皆宜，也有撕着饼攥着大葱杵酱碗的爷们儿吃法。小葱拌豆腐馆子里卖，当季挺好，过了立夏味道就变，甜没了嫩也没了，艮辣艮辣。

嗜食大葱，北京赶不上山东，皆因北京所产大葱赶不上山东的味儿美。梁实秋是北京人，老舍也是北京人，这两位北京人拼命赞美山东大葱。梁文以事实说话："……，……潍县的大葱，粗壮如甘蔗，细嫩多汁。一日，有客从远道来，止于寒舍，惟索烙饼大葱，他非所欲。乃如命以大葱进，切成段段，如甘蔗状，堆满大大一盘。客食之尽，谓乃平生未有之满足。"老舍先生呢，抒情："济南的葱白起码有三尺来长吧：粗呢，总比我的手腕粗着一两圈儿……，……最美是那个晶亮，含着水，细润，纯洁的白颜色。这个纯洁的白色好像只有看见过古代希腊女神的乳房者才能明白其中的奥妙，鲜，白，带着滋养生命的乳浆！这个白色叫你舍不得吃它，而拿在手中颠着，赞叹着，好像对于宇宙的伟大有所领悟。由不得把它一层层的剥开，每一层落下来，都好似油酥饼的折叠……一层层上的长直纹儿，一丝不乱的，比画图用的白绢还美丽。"

吃烤鸭离不开葱丝，涮羊肉少了香菜葱碎如同四四方方的城墙塌了一角儿。以北京命名的一道肉菜，京酱肉丝，名字里没葱，葱丝都在盘子底儿铺着呢。

实在应当提提北京的烤肉，那种吃法当真有燕赵豪气。烤肉用箅子——小指粗的铁条排列而成，铁条与铁条之间挤着极细的缝儿。箅子架在大火盆上，烧松木。烤肉宛的箅子，据说使了两百年，黑亮黑亮，还没放肉，干烧就能冒出浓香。羊必是西口大羊，牛也固定产地，切大片儿，煨上好酱油鲜姜汁。肉堆热箅子上，大把大把撒葱丝，起烟，汁水蒸流的肉滋滋作响，等肉微煳，找补些香菜，用长筷子，站着吃。烤肉所用的葱叫鸡腿葱，当地出产。根部肥大，如鸡腿倒置，葱叶硬而株棵儿挺，小孩子高矮。这种葱抗风耐寒，深秋，霜天中还能生长。

全聚德早先还兼营烧猪。四十斤上下的小猪，去头蹄挂在炉膛里与鸭子一起烧烤，鸭子先熟，猪的时间稍微长些。烤出来的猪，皮肉焦脆不腻不煳，剔骨装盘。烤猪的吃法有三，其中之一与现而今的烤鸭同——蘸甜面酱配以羊角葱。羊角葱非北京特产，根部略粗，一拳多高，株棵粗壮略弯，状似羊角。清明前后食之，微甜，浓郁的葱味儿之后，隐约着那么似有若无一层薄薄的土香。

津门有道名菜叫官烧鱼条，讲究，葱要切成细眉状，曰峨眉葱丝。沪上的葱油拌面，味道也好，早点，连吃三碗，还不饱人。内蒙的沙葱包子和西藏的獐肉山葱包子各有各的味儿。有一年在云南呆得时间不短，市上有卖弯葱的，占了半条小街，戳边上瞅，瞅着瞅着，忽然有点想家。

自己对话自己

王威廉 / 文

我是树叶

　　我开始钦佩那些完全用个人经验写作的人。完全彻底的个人经验，究竟意味着什么呢？这对一个常年用小说来表达感受的人来说，甚至是一个哲学性的命题。毕竟，虚构在很大程度上，是在创造经验。而用经验来创作文字，似乎是另外一种循环的方式。

　　个人对世界、对事物的持续关注，然后反映在文字上，写作更像是一种转换的媒介。这种转换，在多大程度上真正反映了人的所思所想？会被语言的惯性所裹挟吗？人像是电脑的处理机，在将世界用另一种符号重建起来。在世界和文字之间，人有足够大的力量去弥合这两者吗？弥合不了，人会掉进这两者撕裂之后的大峡谷当中吗？

　　我承认，这是我孤独行走时想到的事情。我感到自己似乎行走在一道巨大的裂谷中央，左边是世界，右边是文字。那么前方是什么？我看到的这些喧闹的表象，难道不是世界的一部分？昨天被搬迁的村落，今天兴起的大厦，一切都比个体更强大，但这些巨大变化的事物，却赋予生命一种韧性，被不断绷紧，松开，绷紧，松开……时间似乎在这样的运动中拉大变长了。

我早已经历沧桑，我却只能呆立原地。如此说来，那样的沧桑到底和我有没有关系？

我有写作的欲望，总是如影随形，挥之不去。如果我写下的文字，没人阅读，我还会不会写作？如果我写下的文字，让人读了，却并不喜欢，那又该如何？我为什么写作，他们为什么写作，写作对每个人而言都是一样的吗？

我会叙事，我出入不同的时空，我分明大于我，我分明更像是我们。我总是说我是一群人，我是一个阿拉伯数字，我进入了无限不循环的序列黑洞。

我站在雨中的公交站台，周围几乎看不见平时繁多的人影，我的这些思绪让我在自己的世界里旅行。我一边旅行，一边注视着这个熟悉又陌生的外界。树干在雨水中变黑，我从未见过那样动人的黑色，忍不住伸手去摸。希望树也能感受到我的触摸。树看上去是如此不怕寂寞，而人，即便独自一人，也要一分为二、一分为三，自己与自己、自己与想象的他者，不断地对话。

什么是灵魂？如果说灵魂是神性的，不可知的，那么这种意识中的对话，我敢肯定，一定是对灵魂最大的滋养。灵魂在对话中生长变大。没有自我的对话，没有自我的辩诘，没有对自我的绝望，无法想象这样的生命是如何获得深度和灵韵的。

但一个贫弱的自我，只与自我对话，仅限于内部循环，一定不会改变这种贫弱的本质。让灵魂最受益的对话还是阅读。伟大的灵魂，把印迹留在那些字里行间，需要一点点去破译。伟大的灵魂并没有归属权，它属于每一个人。它隐藏于每一个人体内。这像是童话里埋藏在后院的宝藏，在绝境之中突然被挖掘出来，一切都获得了拯救。

一场伟大的对话，是自我的发现，发现自我当中隐藏的伟大灵魂，哪怕只是伟大的一部分。或者说，我们至少发现了一道血管，在接续着一个更伟大的存在。但是，这样发现的是一种怎样的自我？自我究竟是发现的、还是发明的？自我是人类整体的一部分？还是说，对话无处不在，是对话在建构乃至生产着一个个数不清的自我，灵魂成了一种人头聚集之后的虚妄背影？写作是基于这个对话的自我，还是先验的自我？前者是随笔，后者是小说吗？

天空越来越低，我抬起头，幸好路边总是有高大的树木，天空才显得没那么空洞和贫乏。我要变成树上的叶子，我要成为那样的无我存在。只是，面对着成千上万片树叶，我不知道自己应该变成哪一片，我才是心甘情愿的，才是恰当的。毕竟，那每一片树叶都和我一样独特。

关于榕树

为什么人总有一种欲望：喜欢把自己想象成旷野上独一无二的树，作为大地的守望者而长久存在。这是一种出自生命的本能渴望吗？还是诗人米沃什说的那句令人难以忘怀的话："我不想成为上帝或英雄。只想成为一棵树，为岁月而生长，不伤害任何人。"为岁月而生长，顺着时间的流逝而生长，将时间的印痕不露声色地镌刻在自己的内心，这就是树的生命方式。相对于人类生命的短暂，树有着近乎神一般的寿命。数百年乃至上千年的树，在地球上并不稀罕。

出生于大西北的我，小时候见过最多的树是杨树、柳树，而且瘦弱、矮小。在那干旱、冷酷的气候中，树木很难长得粗大。因此，树给我留下了一种脆弱的印象。在来南方以前，我似乎是没见过榕树的，因而初来南方，对榕树的印象极深。

岭南路边最常见的树，便是榕树了。榕树似乎轻轻松松就能把自己变得格外粗大，而且还扎下那么多根须，欲把一棵树演变成一座森林。

我惊叹：榕树到底是一种怎样的生命？

走近看榕树，那粗壮的树干下面，悬挂着一根根垂下来的茂密的气根，像是人身上的体毛一般。我想，仅此一点，榕树和其他的树就从本质上区别了开来。榕树更加具备了某种拟人性。

那些气根在南方湿润的空气里疯狂生长，越来越粗，呈现出深褐色，像是生锈的铁线。气根顺着重力，毫不费劲地便接近了地面，然后，奇迹发生了：它竟然像是锥子一般，扎进土去，不但继续生长，而且摇身一变，成了根须，在地下和地上同时生长。如此一来，整根铁丝样的气根又长成了粗壮的树木。这个向下伸入土壤形成的新树干，称之为"支柱根"。这时候，我们才会意识到，气根并非只是顺从，而是有着自己的意志。它把自己变成根须的这个过程，是一种不折不扣的质变。

——它从依赖型器官变成了吸收型器官。

就如同发辫变成了拐杖，手脚变成了内脏。这是怎样的一种魔术，又是怎样的一则寓言？

据说榕树的气根也是一味中药，可以治感冒等病症。我还从未试过，也不明白原理，但我确实觉得那看似不起眼的木须里边，蕴藏着顽强的神秘之力。

不过，正因为榕树的容易养活，也改变了它的宿命。它成了盆景装饰的热门选择。它被安置在花盆里，然后设计、修剪成各种各样的形状。为了保持这种形状，还得定期修剪它那些快速冒出的枝叶。如果它是能感到疼痛的，那么它为自己的顽强生命力在付出巨大的代价。如果它是感觉不到痛苦的，那么，它就可以坦然接纳人类对于自己生命力的崇拜。

但是，这种对于榕树生命力的崇拜，似乎鲜少在重要的典籍中出现。倒是同在南方的棕榈树，更得人类的青睐。《圣经》中常记载，每逢军队得胜凯旋之际，常带着棕树枝，人们更以棕树枝欢迎胜利军。棕榈以它奇怪的树干，以及阔大的叶子，成功博取了人类的好感。

我偶然在印度的古老经典《博伽梵歌》里，找到了榕树的身影。神用榕树比喻了世界的存在样态。

黑天，作为印度教诸神中最广受崇拜的一位神祇，说："有一棵榕树，根向上枝向下，叶就是吠陀颂歌。认识这棵树就认识吠陀经。这棵树的枝丫上下伸展，受物质自然三形态所滋养。小枝就是感官对象。这棵树也有向下生长的根，受人类社会的业报活动束缚。这棵树的真正形体在这个世界无法知觉。谁也不知道这棵树终于哪里、始于哪里、基础在哪里。然而，意志坚定就可以脱离为武器，砍倒这棵树。如此一来，人就须找寻一个地方，到了就不用回来，而且可在那里皈依上帝。"

这段话也许要看好几遍，才能模模糊糊地想到那个世界的形态。我从中看到的是榕树的复杂性，那些盘绕的枝叶，已经分不清来龙去脉，如果人类是生活在巨大榕树上的蚂蚁，自然不可能知道这棵树终于哪里、始于哪里、基础在哪里。要用"意志"砍断这棵宇宙般的大树，实在是难以置信。但，反过来说，意志的力量又被放到了一个很高的位置，这让人不免想道，难道是暗示世界的虚妄都是来自意识的想象和揣测？

这个把世界比喻成榕树的话，很长一段时间里，会在我看到榕树时记起。我看着榕树，仿佛古人在"格物致知"。我的愚钝让我面对着榕树常常一无所获。榕树复杂的线条几乎超越了我的视觉想象力，从而牵引着我的目光，在它的周身逡巡。我想，这和佛学的"所有相皆虚妄"恰恰相反，榕树以它复杂的样态，似乎要克服虚妄，表明世界所存在着的复杂模样。这么说来，榕树像是一个证据，证明世界的真实性。

复杂性能等于真实性吗？似乎在人心中的确有着这样的潜意识。想想那些大科学家，牛顿、爱因斯坦，他们从复杂世界中提炼出了简洁优美的公式，$F=ma$也好，$E=mc^2$也好，无不令人惊叹，惊叹于那种难以企及的本质美学。因此，牛顿和爱因斯坦都相信宇宙中存在一个爱好秩序的上帝。可面对榕树，我觉得它的芜杂中没有体现上帝的智慧，只体现了生命固有的那种盲目的蛮力。它让我觉得这个世界不是靠简洁公式设计出来的，而是靠生命自身的繁衍。有榕树存在的这个世界，生命即便没有重要的位置，也至少是有一席之地的，这样的感受让我踏实。

因此，榕树给我的启发，让我更是对其心怀敬畏，甚至心生嫉妒：

那是一种怎样蓬勃的生命力啊！

榕树把自己复制成自己，又和自己聚合在一起，生命仿佛获得了完整的自足。我有一次做梦，梦见我变成了一株巨大的榕树，我的每一根汗毛都变成了气根，它们紧密相挨，茁壮生长。我躯体由此也开始无限延伸，有种覆盖万物的气势。我第一次觉得自己是如此恢宏有力。这种力，不是肌肉的力量，而是一种生长和蔓延的力。它不是刚性的，而是极为柔韧的，具备一种贪婪、占有和攫取的侵略性。但梦的结局让我意外，我变得极其庞大之后，布满了我能抵达的全部空间之后，我忽然感到孤独，我渴望另外一棵榕树，和我的枝叶能缠绕在一起。

醒来后，我脑海里出现了一个成语：独木成林。

汉语的魅力，只这四个字便让人回味不已。原本这个词给我一种壮阔的感受，可自从那个梦之后，我总是忍不住在“独”字上多看几眼。再能成林的独木，依然还是独木，不能完成生命的自足性。

曾在课本上学过巴金先生写的《小鸟天堂》，但早已忘却那里写的“独木成林”的树是什么树。后来得知，那棵树正是榕树，而且就在江门，离我住的广州不远。于是，我便有幸去参观了一次。那棵榕树独自生长在江心的一座小岛上，因而成了国王式的存在。那种枝叶散开的程度远超想象，很难相信那真的只是一棵树生长而成的，它突破了我对于生命的某种观念。在它的树杈间，栖息着一群群白色的鸟类，我没有刻意去记那是什么种类的鸟，只因我觉得那些翅翼修长、无拘无束的白鸟是如此美丽，美丽得不像是这世间真实存在的生命，美丽得就像是这棵巨大而孤独的榕树所渴望陪伴的虚构之梦。

半岛渔村手记（节选）

张炜 / 文

开海节

四月，开海节到了。半岛东部渔村自古以来就有这样的节令。

随着天气转暖，海的颜色变了，风向变了，一艘艘船准备出航，所有渔村都跃跃欲试。最活泼的季节来到了。这个时段是从一个传统节日开始的，这一天的到来，预示着兴高采烈、巨大收获、忙碌快乐，更有新的希望。

节日之期相对固定，一切都以可爱的四月为开端。但时代变化太大，与过去不同的是，现在的这个节令仅仅是一个节令而已，它甚至让人有点儿尴尬：过完开海节只短短的十几天便到了禁渔期，所有的船与网都得收起来，一直苦挨到九月。

不过尽管如此，这个节仍然要好好过。每到临近的日子，人们还是盼望着，兴奋地传递消息，准备选择一个最好的村子去过节；并不是每个渔村都有这样的节日，只那些有海神庙的村子才会有。

海神庙通常建在海边，大多有千百年的历史。这些庙宇虽然不大，香火却很盛。到了开海节的这一天，周围村子的人一大早就朝那个方向移动。届时海岸张灯结彩，人山人海：除了附近村子赶来的，还有远处的人，有的甚至来自遥远的南方和北疆。

当地的旅游业者不会错过这个时机，他们从很早起就着手宣传开海节的盛况，所以近几年来声名远播。

我和朋友第一次参加这样的节日，心里充满期待。说来有点蹊跷，作为一个海边出生的人，我竟然从未参加过祭海和开海之类的活动，没有见过类似的场面。我知道，一般来说从这一天开始，海猎的大幕就算正式拉开了，渔港里的船只集结待命，旗帜招展，渔人在甲板上忙个不停，只待轰轰烈烈的出发。这样的图景是想象出来的，也是预料之中的，历史上的这一天肯定如此。

然而今天我们所看到的却有些异样：几乎所有的渔船都静静地泊在海湾里，船上基本上没有忙碌的身影，死气沉沉。从这里可见，出海打鱼似乎还是一件很遥远的事情。

但海湾旁的小广场上已热闹非常，正在做庆典开始前的最后准备。祈祷海神的内容虽然一如过去，但从形式上却变得华丽了许多：台子盛装打扮，四周有气球悬挂彩幅，台前安置了一溜大音箱。虽然如此，不过看上去还是觉得缺少了一些仪式的肃穆，笼罩的全是娱乐的气氛。这里即将举行的仪式与真正的开海，实际只有名义上的联系，已经蜕变为一场海边人的娱乐活动。

狭小的海神庙挤不下多少人，人们更多地拥挤在庙前的广场和近处的沙滩上。庙里的一尊神像是老旧的，岁月为其蒙上了深重的颜色，显得愈加神秘遥远，令人想起更为恒久的海边岁月：笨重的渔具，辛苦的渔民，不测的风雨……那些故事和传说堆积在四周，成为一部诠释不尽的历史。

海神庙前的巨大香炉由生铁铸成，里面的香柱粗过碗口，冒起的黑烟呛人眼睛，再加上噼里啪啦响个不停的鞭炮，想在这里多站一会儿是困难的。几乎所有人都掩鼻眯眼，涕泪滂沱，时刻小心地躲闪炸飞的鞭炮屑。

台上的高音喇叭响了，主持人上来，是一对手拿麦克的靓男丽女。为了这个节令，主办者花重金从大城市请来了歌手。在四月凉凉的海风中，演唱者浓妆艳抹，抖着单薄的衣衫。他们演唱的内容与海猎无关，都是耳熟能详的一些时曲：爱和恨，思念和痛苦。

歌舞之后是拉网号子表演，这让我们多少振作了起来。粗犷的号子很快将人的思绪牵到往昔，让人想起那些风浪之搏，人与橹，船与网，腥风阵阵。领唱号子的是一位老人，他和一帮人都化了妆，穿了夸张的服饰，样子有些触目：描了浓眉，脸色酱红，这会儿一齐举起双手"啊啊"人叫。"嗨吆嗨吆"的声音节奏强烈，从调性到动作都有极强的表演性。这声声喊唱由大功率音响播放出来，震得人心打战。我们努力想听清号子的具体内容，很难，偶尔听到的几个词是"盛世"和"大潮"。

当年的拉网号子至关重要的，对于渔民来说，无论是拉大网或升大篷，都必须在齐整划一的节奏中完成。这种放声呼号能激励生命，催发力量，强大的感染力无可比拟。只有铿锵有力的号子才会让人动作一致，汇集起巨大的爆发力。现在的海上劳作一般不需要这样的号子了，因为机械化作业使劳动形式改变了，海上号子只能作为一项文化遗产搁在那儿，供我们在一些场合里观赏。

这场拉网号子表演吸引了满场的人，风头超过了前边的歌手。台下观众随上呼号，不停地跺脚，使台上领号子的老人更加兴奋。老人显然难以控制自己的情绪，更加夸张地做着动作，一班人也紧紧跟上。

　　喊号子的人退场，犹如退潮。稍停，又上来一拨头扎红巾的舞者。大鼓擂响，似乎为新一轮高潮做着铺垫。鼓声停息，之后一阵冷场，但只沉寂片刻，都听到了一阵沉闷而遥远的声音响起。声音不大，并不让人注意，好像是从大海深处一点点钻出来的，一时无法辨清它们究竟来自何方。

　　声音渐渐大了，显然在逼近。人们四处张望，看到几个穿制服的人推拥着挤来挤去的人群，开辟出一条弯弯曲曲的小路。这会儿大家都看清了：十几个穿了华丽服饰的男子从广场台阶那儿登上来，浅蓝色的衣服上绣了金线，烁烁发亮。他们抬着两支深棕色的大铜号，每支铜号足有一丈多长，那沉沉的声音就是它发出来的。

　　两支大号缓缓地往前移动，海神庙四周一下安静了，只响着它们的呜咽。

　　大号一直抬到台下，这才放下来。号声一落又是一阵喧哗：穿制服的人再次把拥挤的人群推到一边。原来从台阶下又一次登上一群穿戏服扎红巾的人，他们这次抬来了最重要的祭品：每个门板上都安伏着一头剃得光光、染成朱红色的肥猪，一溜二十多头。它们被整齐有序地放在海神庙前，头朝海神像。这是犒赏海神的，是开海节的重头戏。围观的人发出赞叹，纷纷凑近拍照。

　　最终到了一个关键环节，即当地官员讲话。一个衣着考究的中年人，头发疏淡而齐整，两手按在小腹上，大声言说。由于场内外实在太吵了，根本无法听清所说内容。演讲毕，人们报以热烈掌声。

在整个开海节中，我们所渴望看到的那些历史悠久的传统内容也许全都包括了，也许已经远远离开了真正的传统。现在的人无法真正回到一种严肃的仪式之中，这里不是指某些程序的缺失，而是内在的品质。传统的气质与内涵正在消失，取而代之的是逗趣，是阵仗，是欢欢乐乐热热闹闹。

我问一位蹲在旁边抽烟的老人："过去也是这样吗？"他点头又摇头："现在的阵势大啊。贡品多了，上的香比过去粗，再不是那种黑细的榆皮香，如今的香比牛腿还粗！早年能有几头猪就算不错了，现在一家伙挑出全乡最大的肥猪，个头一样，头脸模样也差不多，嘿嘿！"

"那两支大号是老物件吧？"

"那也没有多少年，算不得古物。早先的大号没这么长，这是十几年前打制的，专门为了开海节。"

"以前也有歌舞表演吗？"

"没。那得使上银子从大地方请来。"说到表演的男女，老人大不以为然，"海神不喜。"

"为什么？"

"太浪气了。"

"浪气"两个字多有趣啊，但这也无可避免，因为这个时期最不缺少的就是"浪气"，想躲开它可不容易，海神也只好多些担待了。

节目还在进行，好像一时完不了。烧成灰烬的鞭炮纸屑还在冒着黑烟，混合着浓浓的香火。在这里待下去不知要付出多少眼泪，我们实在无法忍受，就费力地挤到广场边缘，想到开阔的沙滩上呼吸一会儿。

路过台阶时要穿过各种各样的货摊，小贩们晃动着手里的商品大声兜售。花色繁多的贝壳，小蛤蜊和螺壳制成的饰物，还有琳琅满目的仿古玩器。几个道士站在旁边，手拈稀疏的胡须瞅着我们。我和一位看上去很年轻的道士攀谈起来，问他多大年纪，他说："我们道家不讲年纪。"

我们离开时得知，就在东面三十多里的地方，两天之后还有一个开海节：海神庙和庙前广场虽然很小，气派无法与这里相比，可是它的历史更悠久，所以也更正宗，更有吸引力。

到了那一天，我们仍旧一大早赶了过去。果然是一座更小的海神庙，看上去真的十分古老。我们都知道，所有规模小、颜色旧、其貌不扬的古迹，往往才是更久远更珍贵的。令我们稍稍遗憾的是，这里的开海节也像上次一样，烟火实在是太盛了，以至于稍稍凑近了就呛得鼻涕眼泪一大把。我们不得不掩上耳朵躲远一点。

这里扎起的台子要小很多，但表演内容大同小异。唯有一点让人满意，就是没有从远处大城市请来浓艳的歌女，所有节目都由当地人自编自演。当然，呜咽的铜号和血色肥猪仍是必备之物。周边围满了各种车辆，停车场水泄不通。不知哪来这么多新闻媒体，大小摄像机不止一台，人们头顶旋转着拍摄吊竿，天空盘旋着无人机。这让我们明白，盛大的开海节当晚就会出现在电视屏幕上。

到处都在娱乐，因为我们实在寂寞。找一切机会制造庆典，以各种借口和理由：悲伤、喜庆、仪式、宗教，或庄重肃穆，或荒诞不经，只要解除寂寞就好。娱乐的熔炉可以融化一切，把一切变成热乎乎软乎乎的一团。

两个开海节留给我们的印象都差不多：闹。我不知道海神会怎么看。不过海神即便不高兴，也依然会保佑那些出海的人。海神气量大，慈爱、宽容，有无边无际的怜悯。

海驴岛的鸟

我们一直盼望有个好天气，去盛名远扬的海驴岛。据说那里海鸥翩飞，美丽如画，是鸟儿的天堂，所以有人把它誉为"鸟岛"。但当地人一概不认这个美好的新名，而坚持沿用一个古老而又野性的名字，"海驴岛"。可是为什么会有如此粗蛮的名字？站在海边遥望大海，原来那个岛就像一头伏卧在波浪之中的"驴子"。当地人欣赏这种动物，并不觉得粗野。就我个人来说，认为驴是最可爱的动物之一，美丽温顺，任劳任怨，是动物界少有的品质高尚者。

在一个阳光明媚、风和日丽的清晨，我们乘游船出海了。进海后才知道，目测只有十几里路的海驴岛，其实还要远。行驶了五六分钟，好像风浪突然变大了，船舷上不断扑进海水，我们不得不回到舱内，隔着玻璃瞭望大海。远处迷蒙中还有一些远远近近的小岛，它们的名字都不知道。原来东海里散着这么多的岛屿，怪不得自古以来就有"仙山"的传说，海雾中时隐时现的山头实在让人浮想联翩。

一群海鸥一直追逐着我们，盘旋鸣叫，好像发出询问："是到我们村去的吗？"是的，海驴岛就是海鸥的群居地，是它们的村庄或城市。它们为我们引路，就像平时客人接近村庄时，常常从村里跑出一帮孩子一样。有过出海经历的人都知道，海鸥对人非常友好，是最可靠的伴儿。它们陪伴渔人有时真的是出于好奇，而不仅仅是为了讨要一点食物。它们喜欢岸上的人，愿意一路搭讪。

四月的海边与陆地完全不同，嗅不到多少春天的气息。但仔细观察，还是可以感到海中万物的变化，捕捉一些春消息。每到了四月，海的深蓝色就会变得浅嫩一点，包括这些海鸥，似乎都变得格外活泼。

我们终于接近了海驴岛。鸥鸟迅速变多，像飘动的云彩和周流的雾气，上下翻飞，四处盘旋，叫声震耳。它们虽然早已习惯了这条航路上来往的客人，但还是如此热情。动物一般来说比人更容易冲动。这些海鸥多么美丽，像鸽子一样光洁明媚，但比鸽子多了一份勇武和野性。我们站到甲板上向它们挥手，它们用独特的外语即"鸥语"与我们对话，可惜我们在长达几千年的时间里没有培养出一名翻译。

登岛了。沿峭壁搭起的栈道几年前才换成钢制的，据人讲以前这里是木头搭成的，常常朽掉，有时游人根本不能从这儿通过。下面是汹涌的大海，旁边是陡立的岩壁。我们小心翼翼往前，穿过了一个很大的海蚀洞，就像通过一道厚厚的城门似的，由此才算深入了海驴岛的内部。原来这是一个不小的岛屿，远远大于原来的预估。岛的东部是平缓的慢坡，这儿栖息着大量海鸥。几乎没有别的鸟，全是海鸥的洁白身影。春天正是产卵的季节，卧伏的鸥鸟一动不动地看着游人，即使他们走近，离它只有一米远了，它们还是那样看着。我们很少有机会这样靠近了观赏它们，这会儿心中全是欣喜。世上大概没有什么动物比海鸥更干净，看额头多么光洁滑溜，周身一尘不染，双羽一丝不乱。在我们的经验里，美丽的海鸥有点儿像四蹄动物中的猫，妩媚、可爱、漂亮，却同样是一种勇猛的猎手，本性凶悍，英武，属于猛禽，对鱼类来说，它们甚至有点凶残和嗜血。

人们无比喜欢这些可爱的鸟儿，比如现在的海驴岛有了海鸥救护站，专门医治受伤的海鸟，这让作为游客的我们也感到了温暖和体贴。爱惜和挽救其他生物，这让人想到自己的处境，比如联想到自己在可怜无助的时刻有可能遇到的援助，有一种安全感。是的，人类怀着这种心情对待周边的动物，比如眼前这一只只飞鸟，正是善待自己安慰自己，好极了。人类就在这种美好情感的鼓舞下，有滋有味地生活：人与人之间，人与其他生命之间，就这样互助、安定、鼓励。我们要做的还有很多，我们的路还有很远，在这方面，我们做的永远是欠缺和不够的，还要更多地努力才行。

现在的海驴岛已成为当地收益可观的一个旅游景点，很多游客从遥远的地方慕名而来。在现代传媒的帮助下，海驴岛已变得闻名遐迩。据说西部高原地区还有个"鸟岛"，不知岛上的鸟类是否像这里一样单一。还有渤海里的"蛇岛"，它们都同样神奇，让人忍不住想去一探究竟。

岛上海风巨大，有的特殊地段风力足有九级以上，有一次我通过一个崖口时险些被吹倒，不得不紧紧地扒住身边的石块。"这里的风一直这样大吗？"我问旁边的人。他说："今天并不是风最大的时候，如果再大一点我们就不能来岛上了。海上的浪很高，岛上的风更大，有些地方就无法站立了。"

我们在岛上经常看到竖起的牌子，上面写了一些善意提醒和规定：不要自拍，不准捡拾鸟蛋，不准威吓鸥鸟等。山坡上花开草绿，一种海驴岛独有的油菜花开得好不烂漫，让整个海岛一片金黄。有人说，就为了使这片花海更为壮观，管理者曾专门移来许多，却发现根本无法存活。原来只有在此地生长的"土著"，才能适应这方水土。

这片黄花和这些鸥鸟，才是海驴岛的真正主人。

鱼拓画

一位多年不见的海边好友，从打磨文字的作家变成了画家。他展示一幅幅作品，令我无比惊讶：都画了鱼，大鱼小鱼，那么逼真而古朴，看上去有些异样，与以前看过的绘画完全不同。我见过各种各样鱼的水墨画，还从未看到这样的风格。我向他讨了一幅。

我选中一条一尺多长的黑色大鱼，说："这好像是一条比目鱼。"他说："是的，一条比目鱼。"他指点着墙上的画，依次告诉："赤鳞鱼、鲷鱼、鲳鱼……这是一条红鲷，多大的红鲷啊，四斤二两！"最后一句让我吃惊：他显然在说一条真实的鱼。看着我惊讶的样子，他主动解释道："我忘了告诉你，这不是一般的画，这是'鱼拓画'。"

"什么是'鱼拓画'？"

"就是给鱼做拓片，像拓碑一样，把宣纸放在上面……"

这令我更加惊奇。我马上想到的是要等活蹦乱跳的鱼死去，等它僵硬时，然后再涂墨，按上宣纸。鱼毕竟不是石头和木头，这事儿从头到尾做下来肯定麻烦。不过到底有多麻烦，我怎么也想不清楚。只觉得这种办法高明而巧妙，他能够想得出真不简单，也许只有生活在海边的艺术家才能有这种奇思妙想。

我知道他喜欢出海钓鱼，是海猎能手也是烹鱼高手。大概就是这种海上生涯给了他灵感，让他成为一个特别的画家。我尽力发挥想象，说："如果没有猜错，你肯定要把逮到的大鱼搁置一会儿，等它不动了才开始动手。这大约需要多次实践，积累经验，比如墨色浓淡、宣纸按上去轻拍重拍，怎么把握力道等，会有许多技巧。宣纸揭下来还需要动动画笔，最后才能题字落款，成为一幅作品。"

我像一位内行，这样说时，其实内心里已经在琢磨怎样亲手做一幅"鱼拓画"了。因为这种画是在现成的鱼身上"印刷"出来的，算是一种工艺，只要掌握要领就能完成。我说着，极力隐藏自己要当一位艺术家的跃跃欲试、野心和冲动。

谁知朋友马上摇摇头："死鱼不能拓画。"

"用活鱼？这怎么行？"我的声音变大了。

"让鱼安静一会儿，但不能让它死去。安静的鱼和死去的鱼是不一样的，死鱼，拓出的画也是死的，那就没什么价值了。"

听上去既有道理，又过于玄妙。我甚至认为他有点太较真或太讲究了，换了自己一定不会这样做。因为显而易见的道理：只有死去的鱼才会有木石一样的标本作用，那时操作起来才得心应手。我微笑不语，看着他。

"我让鱼安静下来，让它睡一会儿，在这段时间里抓紧完成。"

"怎么让它睡着？"

"一点酒吧。"

我明白了，它醉眠后，他开始往它身上小心翼翼地涂墨。怎样涂？如预料之中，他语焉不详。大致是按照丰富的经验施墨，而且在宣纸和鱼结合一体的时候、拍按之间，需要高度的技巧。鱼鳞、鱼鳍，特别是鱼的眼睛，都要传神地表达出来。他一再强调"眼睛"。

这使我想到：鱼是有神气的，鱼是有神采的，鱼是有心情的。是的，我不得不确认这样的一种理念，即一切高妙的艺术都是精神的再现、个性的表现。而对于一条海中生灵而言，最能传递这一切的当然只能是眼睛。它要注视，它的悲哀或怜悯都要从目光中流露。它从自己的那个方位投向人间的神情，即便在这样的瞬间也不会泯灭。我想，作为一个艺术家，这种揣测和把握当是至关重要的。这是一切艺术即心灵劳作的关键所在。

他告诉我，一张好的鱼拓画可以把鱼和鱼之间的不同表现出来，也可以将同一种鱼的不同时刻表达出来。不同的鱼，不同的时刻，都在画纸上凝固了，却是凝固了栩栩如生的那个瞬间。

我长时间沉默。我在想鱼和艺术，想生命的奉献，想短暂和永恒。这样一些关系纠缠在艺术创造之中，从来没有例外。离开了这样的领悟，所谓的艺术就会变得木讷。而那些看起来木讷的用来作拓片的石碑之类，却含蕴了十足的生命力。我们一再地拓、拓，复制，只为了再现生命的神色。

一条大鱼留下自己生前的刻记。它带着水族的秘密来到面前，那一刻刚刚沉睡。它曾经活生生地、惊讶地看着这个新的世界，看着和自己完全不同的生命，大睁双眼……

关于鱼和海的故事，朋友可以讲上一整天。那是一些烂漫的故事，惊险的故事。故事的主角大多是鱼。他的这些经历铸就了与水族的深刻情感，也催生了手中的艺术。

后来这幅艺术品挂在了我的室内。它看上去和一般的水墨画大为不同：既是一种拓制，又是活的生命的印迹。我端详的时候，总觉得它的一双眼睛在注视我，充满了悲悯。

它真的就在那里了。它是一个悲剧。它演绎着生命和创造的故事。它讲述了大海：波涛万里，压低的铅云，还有其他……

人，生活于看不见的关联中

安黎/文

适逢六月，凡经历过农村生活的人，脑子里很容易浮现出黄灿灿翻滚的麦浪，以及农夫收割碾打时的挥汗如雨。

麦收时节，致敬农夫，感恩麦子，俨然已固化为深谙"粒粒皆辛苦"者，心灵的惯性悸动。然而，并非人人皆具有这等的觉悟，能意识到自己的一日三餐，源自于他人艰苦卓绝的玩命式劳作。一碗貌似从锅里捞出来的面条，究其本相，绝非仅蕴含厨者的辛苦那么简单，无疑还隐匿着更为繁复的内容：农夫的日出而作、贩运者的穿山越岭、坐地商贩的披星戴月，以及面粉厂工人的加班加点等等。

寻踪一碗面的来历，会惊讶地发现，在它的身后，竟拖着一条望不见尽头的链条。即使有志于溯流而上，穷追不舍，也至多能追踪至麦子的播种，便不得不戛然止步。面前横躺着的，是一条再也无法继续行进的断头路。但麦子的播种，还远不是那碗面真正意义上的源头——那一粒粒的种子，从何而来，历经哪些人之手，依旧模糊成谜。因为种子也脱胎于种子，种子的祖母还有祖母。

从对一碗面的寻根中，不难窥见人际关系错综交织的样态。

生活中的每个人，其实皆身处千丝万缕的关联中，只是太多太多的人，受之于寸寸短目的局限，极易被表象迷惑，被利益引诱，无意亦无力于极目远望或明察秋毫，以至于忽略自身与他人之间无法斩断的盘根错节。以为自己是独立的，其实并不独立；以为自己离开任何人都可以活得很好，其实是活不下去的。于是购买鸡蛋，也许紧盯电子秤上跳动的数字，并为几毛钱与商贩进行你来我往的言语拉锯，却决然不会想起下蛋的母鸡，更不会想起那些起早贪黑的养鸡人。

在现实世界里，多数人皆宛若勤劳的蜘蛛，执着于自己及家人幸福谱系的织造，但在实际效果上，却于无知无觉中，自己的劳动成果，已被他人悄然享用。流动的钞票，仿佛日夜不歇的传输带，把你的变成我的，亦把我的变成你的。盛在碗里的饭，也许来自百里之外某个人的耕种；举在手中的水杯，也许出自千里之外某个人的流水线作业；玩于股掌的手机，其核心技术，也许得益于万里之遥某个发明狂人的异想天开和殚精竭虑……当社会的分工越来越精细，当人摒弃曾经的自给自足而甘愿接受商品经济的浪潮冲刷，你中有我，我中有你，就决然难以避免。

浑然不知，彼此间就已经发生了关联。这种关联，无关乎肉体的耳鬓厮磨，只关乎生计的彼此需要，甚至还延伸至精神的塑形和心灵的浸染。孔孟之道，发端于遥远的春秋战国，依旧作用于现今的世道人心；蓝眼睛白肤色的莎士比亚，其书写的剧目，能辐射至以黑肤色为主体人群的非洲舞台；从来就不认识养猪户，但面前的碟盘里，却盛着他饲养的猪肉；从来就不认识果农，但所拎食品袋里的水果，却摘自他家的果树；从来就不认识某个写作者，却在捧着他的书津津有味地阅读，并被书中人物的命运牵引着，时喜时悲。

树木失却光的照耀、雨的滋润和风的摇晃，注定会化为枯槁的朽木。树的茂盛与枯萎，既与树自身的生命力有关，也与光、与雨、与风的输送脱离不了关系。同样的道理，生命与生命，哪怕是那些看起来与我们毫不相干的陌生人，或是哪怕是那些从来就没有被我们正眼瞧过的动物植物，寻根溯源，却都与我们休戚与共。我们受益于很多人，也许我们不但从不知情，而且还从不领情。

不耕，却要吃饭；不织，却要穿衣；不砌墙，却要住宿；不造车舟，却要远足……而这些，都不是仅靠怀揣鼓鼓囊囊的钞票就能一蹴而就的。钞票，不过是互通有无的媒介而已。

生命之间无法剔除的关联性，决定了人人皆不能置身事外。人可以有独立的品格，但不可以有隔绝的生活。因于此，人与人之间，更应宽厚以待，仁善以敬，并以他人之痛为痛，以他人之喜为喜。

心的方向，无穷无尽

彭程 / 文

心的方向，也就是目光的方向，脚步的方向。它们指向的，是祖国大地上的江河湖海，高山平原。行走中，远方化为眼前，异乡变成家乡。脚步每当踏上一个新的地方，都是把家园的界限向外扩展。而所有的家乡，它们的名字的组合，就形象地描画出了一个国家的名字，成为对它的标注和阐释。

一

此刻，在明亮蔚蓝的天空下，热带的炽烈阳光瀑布一样倾泻。目光所及的广阔视域里，不同科属的众多植物茁壮茂盛，一派浓郁恣肆的碧绿，喷吐着生命的活力。叶片阔大肥厚，藤蔓纷披葳蕤，我仿佛听到枝干中汁液汩汩流淌的声音。千姿百态的花朵，奇异艳丽，呼喊一样地绽放。眯了眼睛，逆着强烈的光线望去，在被阳光镶嵌上一圈暗边的巨大云朵下面，几十米高的椰子树的羽状枝叶，向四面八方伸展开来，仿佛一幅充满质感的剪影。

这里是兴隆热带植物园，位于海南万宁。

眼前这些树木花卉，让我的思绪飞向整整三十年前，我到过的中国科学院西双版纳热带植物园。它位于一个被江水环绕的小岛上，因此记忆中水光潋滟。我清楚地记得那条江叫作罗梭江，我曾经一步步试探着走进它的温暖而湍急的水流。那是澜沧江的一条支流，澜沧江流出国境后进入东南亚的几个国家，在那片土地上被称作湄公河。因为童年时读过越南军民抗击美军的战斗故事，这条河流曾经强烈地激发了一个孩子对异域的向往和想象。

两个植物园中的植物大多无异，但相互之间的直线距离就有两千多公里。在它们分别所属的华南和西南的广大区域中，海陆阻隔，江河纵横，山脉连绵。

然而想象能够消弭阻隔，就像我此刻的体验。在意识的调遣下，距离不复存在，方向随意掌控。佛经中有一句话，"一刹那间为一念"，意念起动时，即使远在天涯，却可以迅疾地化为近在咫尺。

对于身边的日常生活来说，远方往往意味着魅力和诱惑，所以才会有"生活在别处"之说，而一句短语"远方和诗"更是广为流传——远方天然地蕴含了丰沛的诗意。

这种诱惑对一个少年尤其强烈。在一望无际的华北平原长大的我，十几岁时因为看到了一本画册而入迷着魔，从此把小桥流水的江南，当成心目中最初的远方。我曾经骑车去十几公里之外大运河边上的一个小镇，只是为了看一眼从那里经过的火车。那是当时的津浦线，沿着铁路一直向南，就能到达我的梦想之地。看着一列绿皮火车从视野中消失，我想象它到达的地方，那里的天空和土地，城市和乡村，河流和植物，那里的人们和他们的生活，心中有一种模糊的激动。差不多十年后，当我初次踏上那里的土地时，却分明有一种旧地重游的感觉——脑海中无数次的描画勾勒，已经让想象无限接近于真实。

更晚一些时候，陕北高原成为我新的向往。质朴苍茫的黄土地，曲折蜿蜒的沟壑梁峁，高亢悠扬的信天游的曲调，在我的眼前耳畔，一遍遍地闪现和回荡。当我终于来到陕北，在黄河边上的一次乡间宴席上，酒酣忘情之时，即兴哼唱起了《兰花花》和《赶牲灵》，《走西口》和《三十里铺》。淳朴的主人惊诧于我对民歌的熟悉，猜测我莫非是在这里长大后走出去的陕北娃，让我不禁有一种小小的得意。

随着年龄和经历的增加，曾经的虚幻变作真实，陌生成为熟悉，然而向往也会同步扩展，没有停歇。远方永远存在，远方在远方之外，在东西南北的各个方向。目光尽头的地平线，不过是一个新的起点。一个声音呼唤你出发，行行复行行，把灵魂朝着天空敞开，把脚步印在永远向前方伸延的大地上。

有许多年了，我最喜欢做的一件事情，是在某个清静的时辰，展开一本中国地图册，选取其中的一页，再确定其上的一个或几个地点，放飞思绪。

这其实通常是一种场景回放。意念抵达之处，多是我曾经留下足迹的地方。不需要闭上眼睛，神凝气定之时，眼前的物件陈设不复存在，我分明看到，一幕幕画面穿越时光和距离，翩然闪现。

那是长白山下延吉州二道白河小镇外的原始森林，脚步踩在厚重松软的腐殖土上，松脂的清香、铃兰花的馥郁伴着鸟儿的鸣叫扑面而来；是被称为"贵州屋脊"的毕节赫章县的韭菜坪，山顶上一望无际的大朵紫色野韭菜花，在呼啸的天风里飘荡摇曳，远眺连绵的群峰仿佛巨兽青黛色的背脊；是浙东南永嘉群峰环抱中的楠溪江，用千百条清澈澄碧的溪水，用奇岩、飞瀑、深潭、古村和老街，打造出了三百里山水画廊；是新疆伊犁霍城的万亩薰衣草，深紫色花朵波浪般层叠起伏，一直延伸向远处的白杨林带，映照着天地接壤处山峰上的皑皑积雪。

有时候，借助资料和图片，我也会把目光投向某个向往已久而尚未遂愿的地方。我想象青海三江源头的浩瀚壮丽，西藏纳木错圣湖边飘扬的经幡；想象大凉山满山遍野的金黄色苦荞麦，大兴安岭深处以驯鹿和猎狗为伴的鄂伦春人家。甚至仅仅是想象，就能够带来一种惬意的慰藉。

这些已经去过和或将去到的地方，被造化赋予了各自的美质。壮丽，秀美，辽阔，幽深，雄奇，朴拙……美的形态千变万化，繁复多姿。但对于我来说，它们其实是一样的，或者说最主要的地方是一致的：初次遭逢时，都是一种感动，一种震颤，一道划过灵魂的闪电；而过后，则是一遍遍地回想，在回想中沉醉，在沉醉中升起新的梦想。

二

让我记述一次这样的闪电和震颤。它的强度让我此生难忘。

是二十多年前，一次在新疆大地上的行旅。是在天山北麓，汽车穿越连绵交错的农田和林带，即将驶入浩瀚无垠的千里戈壁。就在它的边缘，神话一样，眼前突然闪现出一望无际的向日葵，至少有几十万株吧，茎秆高大粗壮，花盘饱满圆润，花瓣金黄耀眼。它们齐齐地绽放，一片汪洋灿烂，仿佛色彩的爆炸和燃烧。在片刻的惊骇后，我觉察到眼眶中盈满了泪水。

这样的一幕几天后再次上演，在伊犁河谷地的某一处草原上。因为暴雨冲垮道路，车行受阻，等候的时候不觉睡着了。醒来时已经入夜，在懵懂昏沉中走下车，抬眼一望，就像被一瓢冰水迎面泼浇过来一样，刹那间头脑变得清醒无比。四野漆黑一片，只有满天的星斗熠熠闪烁，仿佛被冰山雪水擦拭过一样，清亮晶莹。轻盈飘荡的星光交织弥漫，仿佛发光的白雾，清澈透明，笼天罩地，如梦如幻。从来不曾遇见过这样的情景，一瞬间眼泪夺眶而出，欢快流淌。

不用感到难为情吧。眼泪是一种验证，是灵魂和情感尚且丰盈饱满的体现。而此时此地，它是在强烈地证明着风景的大美。

不像天池、魔鬼城和赛里木湖等北疆名胜，这些让我镂心刻骨的地方，其实在当地都是最普通的风景，普通到无人关注，更不会被写入旅游指南。不过这又有什么关系呢？因为平凡而普遍，它们更能够反映此地的自然之美的本质，也更能够和孕育于风土之中的普遍精神建立起一种关联。

这样的风景，也在云南普洱千年的古茶树林中，在宁夏河套平原黄河水缓慢地流淌中，在呼伦贝尔草原夏日浓烈的青草气息中，在漠河北极村冬日被白雪包裹的深深寂静中，在闽南荔枝和芭蕉树叶油亮的闪光中，在西双版纳月光下的凤尾竹轻柔的摇曳中……

只要倾心相与，你就能够听到每一处大自然的心跳声，捕捉到它丰富而微妙的表情变化。每一个地方，它们的天气和地貌，植被和物候，天地之间诸种元素的组合，构成了各自独特的声息色彩。而所有这些地方连接和伸展开去，便是一片大地的整体。这是一个巨大的整体，站立在亚洲大陆的东方。

久久凝视那一幅雄鸡形状的版图上，那些你亲近过的地方，一种情感会在心中诞生和积聚。那是一种与这片土地血肉关联、休戚与共的情感，当它们生发激荡时，有着砭骨入髓一般的尖锐和确凿。

在你的凝视下，大地敞开了丰富而深沉的美。你正是从这里，从一草一木，从一峰一壑，建立起对于一片国土的感情。家国之爱是最为具象的情感，自然风物是最为直接和具体的体现，这样就会明白，我们的前人何以会用桑梓来指代故乡，而"故国乔木"也成了一种广泛的表达。

"胡马依北风，越鸟巢南枝"，因为那个方向，分别是它们的家园所在。动物禽鸟尚且如此，何况是万物灵长的人类。每个人的家园之感，都诞生于某一片具体的土地，而家国同构，无数家园的连接，便垒砌起了整个国度的根基。这种对于土地的感情，真实而有力，远胜过一些抽象浮泛的口号和理论。所以这样的歌词才能够被传唱几十年："长江长城，黄山黄河，在我心中重千斤。"

甚至一种最为深切的哀痛和悲愤，也可以经由风光和自然来获得寄托。在敌寇铁蹄践踏、国土沦丧百姓流离的黯淡日子里，诗人戴望舒这样写道：

我/用残损的手掌摸索/这广大的土地：这一角/已变成灰烬，那一角/只是血和泥；这一片湖/该是我的家乡，（春天，堤上/繁花如锦幛，嫩柳枝折断/有奇异的芬芳）我触到/荇藻和水的微凉；这长白山的雪峰/冷到彻骨，这黄河的水夹泥沙/在指间滑出……

在山川大地之间，祖国的理念清晰而坚实。

三

我是一名大自然的滥情者，无法将自己的心安放于某一个具体的风景对象。那么多的美在向我招手呼唤，让我迷醉和焦灼，跃跃欲试。

此刻正值溽暑，炙烤般的闷热让我渴望将躯体投入一片清凉。大自然中的水体而不是室内游泳馆，才能够提供一份真正的夏日惬意。我的思绪以故乡冀东南平原上那一条无名的小河为原点，向外延伸。少年时代的好几个漫长夏季，它都是我和小伙伴们不可替代的乐园。我想到故乡县城十公里外的京杭大运河，想到八十公里外的华北最大湿地衡水湖，想到两百公里外的白洋淀，想到四百公里外的北戴河海滨……水的意念将它们贯通和串联起来。

那么，我是不是还应该想到桂林甲秀天下的山水，碧玉簪般的峰峦在青罗带般的碧波中，投下淡墨般的倒影；想到自神农架原始森林里流淌下来的香溪，青黛色的水面曾经映照过王昭君的美丽；想到七月的青海湖畔，金黄的油菜花和碧绿的牧草伸向天边，映照着一望无际的万顷碧波；想到云南高原上抚仙湖的幽深，它的蓄水量相当于十几个滇池，古人用"万顷琉璃"来比喻它的晶莹清澈——这些都是我步履所至之处，目光曾经被它们的清澈洗濯过，手足曾经浸入它们的温暖或者清凉。

这样的名字可以无限地排列下去。它们在地图上只是游丝般的细线和芥子般的微点，甚至大多数都不够资格得到标示，但只要一想到它们，我眼前即刻就会一片波光潋滟。

这还只是水系。而山地呢？草原呢？森林呢？大漠呢？任何一个，都可以无穷无尽地展开。而在这所有一切之中奔跑的兽类，鸣啭的鸟儿呢？绽放的花儿，静默的树木呢？这样的推问让我眩晕。美是汪洋无际，是浩瀚无边。它让我欢悦，也让我痛苦。我将遭遇那么丰富的美，我将难以穷尽那么丰富的美。

三十年前听到一个故事，从此铭记在心。当时来中国的日本游客很多，一个旅行团到内蒙古大草原，篝火晚会就在蒙古包旁边的草地上举行。皓月当空，奶茶飘香，歌声悦耳，舞姿动人，一位老年游客突然放声大哭，老泪纵横。面对惶恐不安以为出了什么纰漏的导游和接待方，老人哽咽着说：多么羡慕你们，有这么辽阔的国土！

是的，这是一种幸福。九百六十万平方公里的广阔疆域，提供了太多的美好和富足。还有什么幸福能和它相比？想到这一点，激动便如同潮水一样涌上心头。

在这一片寥廓的土地上，一个人去过的地方也许很多，但没有去过的地方总是更多。在他的步履和视野之外，无限的美存在于无限的空间中，默默无语或者喧哗恣肆。

一些看似不同的事物维度之间，却有着神秘的连接管道。譬如时空是不同的范畴，但时间也最能够描绘空间。夏天晚上十点半钟，我在南疆喀什的街头小馆与当地友人品茶，一边欣赏着落日在西天渲染出一抹红晕，而此刻北京的家人已经准备就寝。我也曾在一月份，从冰城哈尔滨直飞海南三亚，登机时身着羽绒服尚觉寒风凛冽，落地时换成短袖，快走几步仍然汗湿。6个小时的航程，我跨越了几个季节。

面对这样广大至极的美好风景，我不止一次地想过，如果不让自己成为一名漫游者，哪怕只是在生命的某个时期，那么实在是一种浪费，甚至是一种罪过，总有一天悔恨会来啃噬。

漫游，让脚步跟随着目光，让诗意陪伴着向往。如果我爱慕的目光在抵达某个具体目标时仍然游移不定，那是因为我有一种对整体的忠诚，需要到更广阔的时空中践行。行走中，远方化为眼前，异乡变成家乡，"无端更渡桑干水，却认并州是故乡"。脚步每当踏上一个新的地方，都是把家园的界限向外扩展。而所有的家乡，它们的名字的组合，就形象地描画出了一个国家的名字，成为对它的标注和阐释。在被这个名字覆盖和庇护的一大片土地上，我们诞生和成长，爱恋和死亡。

曾经看过一部美国电影《心的方向》。退休后的老人无所事事，空虚迷茫，在妻子去世后，他通过反省领悟到过去生活的荒谬，并驾车穿越整个美国去女儿家，为了阻止一桩在他看来会毁了女儿的幸福的婚姻。在这个行动中，他重新获得了生命的充实之感。一个虽然平淡却颇有蕴藉的故事。

但我这里想说的，是电影名字给了我启发。它有一种新鲜而生动的表现力。我的心的方向，也就是目光的方向，脚步的方向。它们指向的，是祖国大地上的江河湖海，高山平原，一种无边无际的美丽。

我的心的方向，朝着四面八方，无穷无尽。

有多少人每天在真实地活着

鲁先圣 / 文

风雅

要说风雅，能有谁超过南北朝时期的钱塘名妓苏小小？她只活了23岁，但是，却以一首《同心歌》，写绝恋人约会的风情，引得千百年以来的文人墨客无限的膜拜与向往。

苏小小常坐油壁车，她的《同心歌》是这样的："妾乘油壁车，郎骑青骢马。何处接同心，西陵松柏下。"朴素无华但真挚感人的文笔，把千年的恋情风景写尽。

唐朝的白居易、李贺，明朝的张岱，近现代的曹聚仁等都写过关于苏小小的诗文。有的文学家甚至认为苏小小就是中国版的茶花女。白居易诗云："若解多情寻小小，绿杨深处是苏家。""苏家小女旧知名，杨柳风前别有情。"清代诗人袁枚对苏小小的仰慕更是无以复加，随身携带私章一枚，上刻"钱塘苏小是乡亲"。一个早夭的妓女，在万种风情的钱塘，1500多年来，始终拥有着让历代文人墨客的仰望，这又怎是一句风雅可以盛下？

出发

尼采认为，人是一个试验，每一次实验，无论成败，都会化为自己的血肉，成为人性的组成部分。

对此，我坚信不疑。只有不断探索，不断追求的人，人生的阅历才会越来越丰富。不论是成功还是失败，所有的经历，最后都成为他人生大厦的一砖一瓦。

所以，我每一次在对青年举行的讲座中，最后都这样告诫青年朋友：当你感觉周围的空气压抑而沉默，就应该拆掉你的帐篷，随时准备出发。

不论怎么化妆粉饰，岁月的年轮，都会渐渐爬上你的额头，染白你的双鬓，苍老你的容颜。但是，我们的心灵，却可以对衰老说不，不仅仅可以保持青春的活力，甚至可以永葆童心。这样的例子是太多太多了，而且大多都是卓有建树的人物。

每当我看到一个少年双眸中的忧郁和茫然，我就知道，一个鲜活的生命过早地枯萎了。一个青年人的眼睛里，闪烁的应该是明亮、清澈、意气风发。我对青少年朋友最常说的寄语是：灼灼其华，整装待发。有大好的年华在手里，忧郁什么，担心什么，怕什么！

人皆可以为尧舜

读者请我在我的著作上签名时，我常常同时写上这样一句话：人皆可以为尧舜。这句话出自《孟子》，意思是人人都可以有所作为，通过努力，都可以成为尧舜那样伟大的人物。

《孟子》中还有一句话，"舜，何人也，禹何人也，有为者亦若是"。也是这样的意思，舜是什么人？禹是什么人？我们只要积极有为，也一定能够成为他们那样伟大的人。

这里还有更深一层的含义，就是不要以为杰出的人都有三头六臂不可超越，不要迷信崇拜偶像，他们与你一样开始都是普通的人，一样吃五谷杂粮，一样穿衣睡觉走亲访友。只不过，他们多思索了一些问题，多读了一些书，他们从不懈怠和荒废时间，他们一旦选定了目标就矢志不渝一往无前。

一束野草

国家登山队的一名知名队员是我的朋友，他的家里，最显著的位置，常年养着一束山坡上最常见的野草。我不明就里，一般人家都在这样的位置养着名贵的花，他怎么养着普通的野草？而且，我看出来，他对那束野草，似乎有着庄严的崇敬。

他对我说：一束普通的野草，对于一般人来说，什么意义也没有，但是，对于登山队员却不同。每一个队员都会有过这样的经历，在攀爬悬崖峭壁的一刹那，是抓住了一束野草而救了性命。因此，对于登山队员来说，一束野草是命悬一线时上天的恩惠。

我看着那束野草，心生敬畏：不论多么的微不足道，一定都有重若千钧的时刻。我们每一个人，在世界中自有自己的位置与分量，任何人都不应该自暴自弃、妄自菲薄。

公平

我们大多数人都认为这个世界缺乏公平,尤其是成年以后,当面临生活中的诸多机会和困难,更会意识到世界对有些人是偏爱有加,而对自己则是吝啬无比。其实,没有什么可以抱怨的,世界就是不公平的,从我们一来到这个世界,不公平就已经注定。有人出生在帝王之家,有人出生在贫寒之家,这样的不公平随处可见。

但是,正因为有了这样的不公平,我们的世界才充满了诱惑,充满了挑战,充满了惊险的趣味。因为,当我们意识到存在这样的不公平之后,我们就开始了为争取公平而进行的抗争与奋斗。所有的寒窗苦读,所有的十年磨一剑,这些励志故事,都是对追求公平的注脚。这个追求的目标,我们通常称之为抱负。

但是,很多人,虽然意识到了这种不公平,却没有去努力奋斗,或者沉沦堕落,或者成了怨天尤人的愤青。

生在富贵之家,甚至生在帝王之家,有时并不是福音,王子与公主最后沦落街头的例子并不少见。生在贫寒之家,也绝对并不是坏事,贫寒子弟最后功成名就的故事比比皆是。

因此,所谓公平,都是相对的,也都是可以随时转换的,关键还是我们对待世界的态度。

但是,世界有一种对谁都不偏不倚的公平:种瓜得瓜,种豆得豆。一分耕耘,就有一分收获。理解了这一层之后,所谓的公平,就有了全新的意义。

态度

常常遇见那些生活落魄的人，或者生意失败，血本无归；或者官场不顺，心灰意冷；或者情场失意，低落消沉；或者名落孙山，前途迷惘。

这样的时候，我总是告诉来到我面前的朋友：你依然与所有人一样可以欣赏灿烂的晚霞，一样拥有每一个日出，一样可以欣赏苍穹明月、江上清风啊。

更重要的是，你健康的体魄仍在，你的精神意志仍在，你的朋友仍在啊。而这恰恰是你东山再起的基础啊。

想到这一层，你会豁然开朗：你与世界上的其他人相比，你什么也没有缺少。

你会发现，你只是做出了一次错误的选择，你只是失去了一次成功的机会，你只是走了一段弯路，你完全可以从头再来！

这就是世界的法则：假如我无法改变结果，那么我完全可以改变自己对结果的态度。当我没有能力避开，我就坦然接受。

事实上，在我们的世界上，没有人是一帆风顺的，只不过你不了解别人的经历和痛苦罢了。没有谁总是把痛苦写在脸上，你认为自己暗无天日的时候，你的朋友正经受的苦难，可能比你严重得多。

英雄

英雄一定是成功者吗？不对，历史上很多英雄都是失败者，比如项羽。

秦王朝被推翻后，项羽和刘邦为争夺帝位，进行了数年战争，在近五年的楚汉战争中，项羽由强大转为弱小，最后中了韩信的十面埋伏，被刘邦的军队围在垓下，他只带着几十人突围，逃到乌江边。乌江亭长本来准备好了一条小船，可以渡他过江返回故乡，而且告诉他，故乡的人等待他回来称王东山再起。但是，他长叹说："天之亡我，我何渡为！且籍与江东子弟八千人渡江而西，今无一人还。纵江东父兄怜而王我，我何面目见之。纵彼不言，籍独不愧于心乎？"

他对亭长曰："吾知公长者。吾骑此马五岁，所当无敌，尝一日行千里，不忍杀之，以赐公。"让骑兵皆下马步行，持短兵接战。一个人就独杀汉军数百人，最后自刎而亡。

项羽的这几句最后的浩叹，可以说是天下英雄最悲壮的写照。当年带着八千故乡子弟过江逐鹿中原，现在仅仅剩下自己，有什么脸面见家乡父老！宋词人李清照《夏日绝句》："生当作人杰，死亦为鬼雄。至今思项羽，不肯过江东。"更是把一个失败的英雄名传千古。

成功了的刘邦，后来做了皇帝；失败了的项羽，自刎而死。但是，两人都尘封在了历史的烟尘之中。今天看来，项羽的英雄地位，甚至远远高于刘邦，成为英雄的代名词。

因为皇帝有几百个，而项羽这样的英雄，两千年来，尚无人能出其右。

质朴

我现在常常听到人们说质朴，无论是我日常的为人处世，还是我的文学或者书法作品。

我想告诉朋友们的是，质朴不是一种伪装，更不是一种刻意，它是一个文学家，一个具有了极高文化素养的人，最本质的品格。

我崇尚质朴，我认为质朴是一种博大的简洁，是一种丰富的平淡，是一种深刻的从容，更是一种没有丝毫矫饰的谦逊，是真正的虚怀若谷、大道如简。

我追求文学作品的质朴，拒绝所谓的华丽与浓艳，我认为这样的文字，才能够确切地表达我对世界的思考。我也追求书法作品的质朴，拒绝怪异和花里胡哨的取巧，我认为只有质朴的作品，才能够最直接地展现笔墨的意趣之美。

夸夸其谈或者故作高深，甚至狂妄的不可一世，并不是真正的深刻，只会更加暴露你的无知和浮浅，只会贻笑大方。

箫声

最喜欢听箫声，特别是在夜深人静的时候。箫的音量并不大，但是它深沉而悠远，能够穿透人的心灵，似波涛汹涌的排浪，似浩瀚林海的松涛，似千军万马的轰鸣。

箫不适合在音乐会上演奏，箫声只适合一个人独自倾听。

如果一个人没有深厚的内涵，如果一个人喜欢世间的浮艳和热闹，如果一个人注重的是外表的形式而不是内在的美丽，就不会在箫声里找到共鸣。

人们总说文学家容易感伤，我说不是，文学家看到一枚落叶，想到的是一个季节；看到一滴水，想到的是无边的海洋；看到一粒沙，想到的是浩瀚无垠的沙漠；看到一棵草，想到的是辽阔的草原。

在文学家的眼里，从来没有静止的事物，一个刹那预示着一个生命的历史，一棵小草宣告了春天的到来，一片荒凉的山冈昭示着自然的沧桑。

"有两种东西，我对它们的思考越是深沉和持久，它们在我心灵中唤起的惊奇和敬畏就会日新月异，不断增长，这就是我头上的星空和心中的道德定律。"这句话出自德国哲学家康德的《实践理性批判》最后一章，被刻在康德的墓碑上。

叔本华说："任何人在哲学上如果还未了解康德，就只不过是一个孩子。"多少年以来，无数的哲学家和政治家，从这句话中吸取着无穷的智慧。面对浩瀚的宇宙星空，我们是多么的渺小！面对人间社会中的道德法则，我们又是多么无知！

我们要做的，是时时刻刻的自省和自律。

我很庆幸自己从很年轻的时候就义无反顾地选择了文学之路，一生一直从事写作的事业。

经常有人问我：你写作是为了什么？是为了金钱吗？是为了名声吗？

我说：不是，我写作不是为了金钱富贵，更不是为了博取虚名。我写作是为了抵达繁花似锦的生命彼岸，是为了抵达自己的心灵，是为了洞察人世的秘密，是希望借助自己的眼睛帮助人们分清善恶。

每天的清晨，当我坐在书桌的前面，我仿佛是领到了一张人间喜剧的请柬，自己就走到了舞台的中间，担当起重要的角色。

对于我来说，没有什么比让我自由的写作更大的人生安慰。当一个个美丽的文字从键盘上流出，我感受到的是生命的快乐和从容。那一个个玲珑活现的文字，每天都为我拨开世间的迷雾叠嶂，引领我走进辽阔的生命原野。

真实

所有抱怨命运不公的人，都不过是在为自己的错误寻找借口。没有一种命运，会惩罚勤奋努力的人。只要拥抱每一天的阳光，奋发图强，不寄希望于缥缈的幻想，世界所有的大门，自会次第而开。

与叶企孙、潘光旦、陈寅恪一起被列为清华百年"四大哲人"的原清华大学校长梅贻琦先生，有一段话让人深思：

"一个人不应该把自己置身于一种麻木的忙碌、踏实中，而忽略了真实。真正的真实是什么？是你看到什么、听到什么、做什么、和谁在一起，是否有一种，从心灵深处满溢出来的不懊悔、也不羞耻的平和、与喜悦。"

我们有多少人每天在真实地活着？每天做着有意义的、自己乐意的、喜悦的事情？

千载一鹗

夜读文天祥，看到他与张千载的故事。张号一鹗，是南宋庐陵人，年轻时就与文天祥是好朋友。文天祥后来官位显赫，位至丞相。文天祥多次推举张千载出来做官，但张千载却多次故意避让，始终都不肯出来为官。等到文天祥抗元被捕后，张千载却义无反顾地站出来救助文天祥。文天祥被押到吉州城下时，张千载变卖了家产，去见文天祥，痛哭着说道："丞相您去燕京，我张千载也去那里。"

文天祥被押到北方关入大牢中后，张千载便住到了大牢的附近，每天给文天祥供送饮食，这样一直三年时间没有间断。其间还冒险将文天祥在狱中写的诗文传带出来，其中就包括著名的《正气歌》。文天祥被杀的当天，张千载冒着杀头的危险偷藏了文天祥的尸首，然后安葬。后经多方打探得知文天祥夫人的下落后，又历尽艰险，将文天祥的头发、牙齿，及其生前的文稿等送到了文天祥夫人的手中。后来人们便把朋友之间重情重义的生死之交，称为"生死交情，千载一鹗。"

凡墙都是门

加缪说，凡墙都是门。这话让人深思，与我们古人的"置之死地而后生"异曲同工。如果我们，都能有把横亘在面前的墙视如门的智慧，则人生之路尽是通衢大道。

老作家马识途写过一副对联："人无媚骨何嫌瘦，家有藏书不算穷；能耐天磨真铁汉，不遭人妒是庸才。"上联与北朝李谧的"大丈夫拥书万卷，何假南面百城"有异曲同工之妙，下联则可以这样去想：谁见过一个愚蠢的傻瓜遭人嫉妒？谁见过一个潦倒之人遭到暗算？

明白了这一层，你的人生海阔天空。

荷兰画家凡·高说过很经典的一句话："没有不好的色彩，只有不好的搭配。"

画画是这样，哪个行业，哪个人，不是这样呢？谁都不笨，谁都有自己独特的优势，只是很多人，没有合理地使用、搭配自己的优势啊！

常听人们谈论命运。我从来不相信，一个人一出生，就什么都定好了。凡是这样认为的人，我基本确定是人生的失败者。我坚信的是：命运就是你选定目标之后义无反顾、一往无前、一生持续发力的最后结果。

当感觉力不从心的时候，最好的办法，不是忙于满世界求教取经，那只会让你感觉差距更大；而是让自己安静下来，读书思考，仰望星空，谛听来自心灵深处的声音。

一个人最高的修养是，知人而不乐于臧否人物。不因别人的一句话改变自己的判断，不轻易地肯定一个人，也不轻易地否定一个人。

人的一生，并不像一年四季那样分明，很难确切区分我们应该何时退出江湖。因此，我这样把握自己：只要我还拿得动笔，我就不会停止，我就确信自己依然年轻，我依然有大好的年华和前程。

我们常常看到一些可笑的人，开始的时候大家并未深入地思索什么，但是，当到了最后，我们却发现，这些人都有共同的人生：可悲。

不久前我去青岛一所中学讲座，学生们问了一个问题：你现在成功的感觉是什么？这是一个很好的问题。其实，任何人都不知道自己正在经历自己一生的巅峰时刻，或者最幸福的时刻，或者最危险的时刻。我对学生们说：我并没有感觉自己的现在与过去有什么不同，我只是一刻不停地走在赶赴梦想的路上。至于成功，那是别人的感觉，与我无关。

（叁）不烦世事，满心欢喜

闲读汪曾祺，看到他在《人间草木》里说：

"如果你来访我，我不在，请和我门外的花坐一会儿。"

似听见一个可爱的老头儿在喃喃自语。

暗号

范小青 / 文

2017年我家里装修老房子，于是肯定的、也真的就出现了许多新情况。

老房子前一次装修是2000年，一晃就过去了十七八年。十七八年里发生了什么变化，那当然自以为是很知道的，甚至以为心明眼亮如我，就没有我所不知道的。不过在装修老房子的过程中，才知道"所谓的很知道"其实是很自以为是。

我已经为此写了小说了，反映现实也算得是快的了，但是从写小说到今天又写这个随笔杂谈，看起来我是很想再说说这个事情呢。

你不会以为我要说建材和人工贵得离谱吗，或者你以为我想说装修市场混乱得吓人吗，或者，你觉得是因为预算超支，承受不起了。

才不。

我这样的老派人物，死要面子的，即便承受不起，也要打肿脸充胖子，硬挺，咋哩，砸锅卖铁罢，砸了旧锅买新锅，呵呵。

我才不要说这些话题，我要说的是产生话题的源头：人。

是的，就是人。

先说说租房吧。家里要装修，全家人要住出去，临时租个房子住，现在中介市场那么活跃，承租出租兴旺发达，还愁租不到个房？果然的，上网一看，额滴个神，出租房多到你眼花缭乱，多到你心慌意乱。于是尽情地挑选呀，比较呀，可以很任性哦。我想要的条件，它应有尽有，于是一口选了十几个，截了屏，这就是有备无患嘛。

然后，人就出来了。在电话那头，说，我正在陪客户看房，一会再联系你，你先加我微信。

好，你不空，我找另一个，反正"人"多的是。可是另一个人也和前一个人一样，甚至一模一样，正忙着呢，先加微信罢。

好了，一下子，现在，我的微信圈里，多了好多以"中介"开头的人名，中介张三、中介李四、中介王五，他们在朋友圈里推销房子，卖的或租的，有一个晒感冒照片，还有一个转让电影票的，有时候看看，也挺有意思，凭良心讲，比那些养生的、炫耀的之类，也不差到哪里去。

然后，经过无数次的联系，中断，中断，联系，终于会有一个人对上话了，当然，用的微信语音，是我最不喜欢的方式。

阿姨，你要的这几套，全无。

全无，是租掉了，还是本来就无？

这样的问题是不用回答的，直接说，我这里有一套，三楼，挺好。

我说，电梯吗？

他说，三楼，不高。

我略有点沉不住气了，我说，我的必需条件之一，就是电梯，哪怕是二楼，也要电梯，毕竟上了年纪，还有许多东西要往上搬呢。

再重新来过，那么，这一套你看看，电梯房，两室。

我说，我说过了，要三室。

他说，挤挤可以了。

我沉不住气，我说，我把条件写得清清楚楚，你没有看我写的条件？

他不会回答我的任何问题，也不说是自己看了还是没看条件，只是再推出一套。

我暗自思忖，这就是套路吧。现代生活处处是陷阱，是套路，我自以为是时刻保持警惕的，难道也跌进来了？

套路是什么，就是想多挣点钱罢。

想多挣点钱很正常，直说就是啦，跟老人家捉什么迷藏嘛？

然后又报来一套，是沿大马路的，我从沉不住气，到有点来气了。

如此这般，纠缠了很长时间，捉了很多迷藏，我的耐心差不多要磨尽了，但是磨尽了又能怎样，一气之下，不租房了？不装修了？不能够呀。只能继续咬牙耐心。

当然以上这些，都在看不见的地方交流的，再然后，终于有一个人真正地出现在我的眼前了。

无疑的，80后，或者90后，干净利索，胸前戴着工作卡。

阿姨，你想要的都没有呀，我这里有三套，带你去看。

那只能走吧，还能怎样？

那时候我已经很失望，甚至心灰意懒，光在微信里就纠缠这么久，要看现房，还不知道要看到猴年马月，跑断了脚筋？

你们知道的，我错了。

中介甲带我们看了第一套就OK了，所有条件都满意。

接着就是我的心理活动了，恐怕要被狠狠砍一刀了。

我又错了。

他报出来的租金离我的心理价位还差远远一截呢。怎么叫人不要偷偷一乐。

我以为他们纠缠来纠缠去，这套没有，那套没有，这个不合适，那个不合适，是为了多挣一点钱设的套路，原来不是。

我惭愧地低下了头。原来我人虽老了，心却还是小的——小心眼。

一直躲在幕后的我的淡定的儿子，这一次算是请了半天假，一起看房。

整个过程中，中介甲一直在和我儿子交谈，像是多年不见的老友那样默契投机，很有话说，有的话我甚至都听不太明白。我这个老阿姨，已经被撇到一边了。

无所谓啦，只要能租到满意的房子，跟谁说话不是说话。

我受教育了。但我并不知道为什么。难道我这个人很烦、很讨人嫌吗？我请教同是80后的我儿子，他惜字如金地说，沟通罢。

沟没通，我倒掉沟里了。

日子一天一天过去，我们家的装修工程很正常地延误了，所以租的房子需要续租，我又出面来搞定。

　　我打电话找中介甲，中介甲改用微信语音说，阿姨，这套房子不是我手里的，是我同事的，我让他和你联系哦。

　　我等。可一等再等，那个同事中介乙一直没有联系我。眼看着原来的租期还剩不多几天了，我等不及了，再次询问中介甲，中介甲说，阿姨，我跟他说了。我说，你把他的联系方式给我行吗，我来联系他。

　　我有了中介乙的联系方式，想必事情搞定了一大半哦。

　　我还是错。

　　还一大半，连影子还没有呢。且听我慢慢道来。

　　我和中介乙联系，说要续租三个月。中介乙说，哎哟，这事情不太好办，人家房东说想一年整租的。

　　老革命碰到新问题，自以为万事都能想周全的我，却没料到有这一出，顿时哑了，我挣扎着说，哎呀，那可怎么办，我们也没有办法啦，房子没装修好，如果这时候房东收回出租房，我们到哪里去住？

　　什么什么什么。

　　中介乙肯定不会听我的解释和求助的原因，他只是说，好吧，我帮你问问房东。

　　这一问，又过了好多天，一点音讯也没有。

　　我压着心里的火气，硬着头皮再联系，询问和房东联系进展咋样，中介乙回答：哎呀，房东想要整租一年呀。

跟第一次的回答一模一样。我怀疑他根本没有和房东联系。

如此这般来过几次，好几次，不能怪我肝火旺吧，我只好回头找中介甲了，中介甲说，阿姨，我这同事是蛮拖的，我催他。

然后又没下文了，中介公司后台却来催缴最后一个月的房租了，我赶紧向后台报告，说想续租，却没人理我，真可怜。

后台说，没问题，我和他联系。

我也不知道说的是哪个他。

其实后台也一样没有声音。

于是我又再回来找中介乙，我说话不好听了，我又小肚鸡肠了，我说，你们是不是想再收一笔中介费，我们愿意出，哪怕是你个人要，我也可以给你呀，你直说就是了，但是你得帮我解决问题呀，什么什么什么。中介乙说，不是这个意思，是房东不想零碎出租。

我说，那请你帮我们和房东做做工作，你怎么这么多天一直不给回音呢，因为前面的租期快到了，而我必须要续租三个月，否则什么什么什么。

中介乙还是说，好的，等我去问过房东再回复你。

肯定又是一去无回音。

我真生气了。但是我的气完全无处使，我在家里唠唠叨叨，成了个碎嘴子，我的小人之心又出来了。

怎么能不出来。

一气之下，我撂挑子了，我对我儿子说，续租的事情，我不管了，你们看着办吧，要是租不起来，到时候房东来赶人，你们也看着办吧。

我儿子平静地看了我一眼，说，好的，我联系。他实在不知道我为什么情绪要这么激烈。

一天以后，中介上门来签续租合同了。

而且，没有多收一分钱，如我所说，多收什么什么费，甚至给个人的什么等等，都没有。

我受刺激了。

我问儿子，你是怎么跟他们打交道的，儿子说，没怎么呀，就和你一样呀，告诉他要续租三个月呀。

还呀了呀的，真来气，我说，那是他瞧不起老太婆啊？

我儿子说，你又不是老太婆。至少你看起来还不太老。

我叫我儿子给我个理由，道出个原因，他说，也可能前面他们已经把工作做得差不多了，正好你撂给了我。

他这算是安慰我吗？

且不管他了，好歹续租的事办成了。

再说一件事，当然仍是家里装修中的事情，买家具，在淘宝上看中一款椅子，但是对靠垫颜色把握不准，想让店家增加一套其他颜色的靠垫外套，有备无患。为了让店家明白我的意思，我写了一封长长的信，一二三四五六七，说得清清楚楚，解释得仔仔细细，有条有理，理由是什么，希望怎么样，一应俱全了。

当然我还很懂礼貌，使用了很多客气的词：请，谢谢，抱歉，对不起，辛苦你了，添麻烦了。等等。

结果店家就如同房屋中介甲乙丙丁一样，似乎是和我对不上话，好像不在同一个频道，不过这回倒不是不理我，而是看不懂我写的信，有许多疑问，比如很奇怪地问我，你需要三套靠垫外套吗？

我不知道他（或她）从哪里算出来的三套，后来仔细想想，也不是没有可能，卖的椅子上本身带着有一套，我在说明中反复强调我需要两套和为什么需要两套，加起来不是三套吗？

他（或她）没错，是我错了。

我又跌到沟里去了。

我只好又跟我儿子诉苦，我说，你看我好辛苦，我算得卖力、算得认真了，我都写得这么详细了，我都说了这么多好话了，什么什么什么。

事情仍然由我儿子去解决，儿子很快告诉我，搞定了，两天后送货，然后上门安装。

我又受刺激了。

我儿子说，你用了那么多的谢谢，抱歉，请，对不起，打扰了。还有你跟他们说什么理由干啥，还一二三四五六七呢，谁会看。

我真不知他是嘲笑调侃，还是用心指点。

难道谢谢也会把人吓跑吗？

也许真有这样的事哦。

或者，这些字眼被人家闻出了异样的异类的异族的气味。

那就是不同的人类了呀。

确实是不同的。

你看他们的聊天：

在吗？

在。

买某某款椅子。

好。

加一套黑色靠垫套。

OK。我算一下价。

真的就OK了。

没有我的小心眼里想的那样敲一记竹杠，或者是心怀其他什么。

一切都简单轻松OK。

后来有一天，我和叶弥聊天，不知不觉，就聊到了这个话题，叶弥一听，立刻就冒出一个词来：暗号。

他们之间有暗号。

他们之间有同一种气味，再遥远的距离，也能相互闻到，相互吸引。

说话的时候，叶弥虽然没有从椅子上跳起来，但是我感觉她跳了起来。

以我们这些人的几十年的自以为是的理解，去理解85后、90后，然后是00后，我们的暗号无法使用了。

叶弥说，你写个小说吧，题目就叫"暗号"。

我没有写小说，不知道以后会不会写，我先写了这篇文章交差。这算是一篇什么文章呢，我想了想，算是生活杂谈吧。一种新型文体哦。

邂逅

凸凹 / 文

所居小区的西面，有一条城内河，当地叫刺猬河。有广玉兰树依河岸迤逦成列，静静地生长。春渐渐地深，玉兰花普遍地开了，因为开得安静，始终不觉得开。今日散步的时间有些久，便在岸边落座小憩，在凝神远处时，才豁然映入眼帘。惊异之下，细心观察，乃发现，玉兰花肥硕而大，花色白中着一抹浅粉，不似桃杏热烈得闹，也没有勾魂的香气，所以，它不惹人关注。但它的确是开着，开得纵情，心扉已完全袒露，便见到，它的花瓣重重叠叠、簇簇拥拥，有极深的涵纳，花蕊就内敛得似隐似现。

我不禁感慨，广玉兰是大花，气质高贵，因而不张扬，安静着自己，也安静着人。

由玉兰花，我突然想到一个人，即与季羡林的邂逅。

那是1995年的9月，号称"北京敦煌学"的云居寺石经研究启动，在房山宾馆召开石经研究会的成立大会。本地的宣传文化部门邀请了区内外、国内外的有关领导和专家数十人。由于我当时是区政协文史工作的负责人，不仅被视作是业内人士，而且也作为"领导"，被恭请到主席台就座。

因为会议具有国际性质，要与外国人接触，主办方要求出席会议时要穿正装。我不仅遵从，而且还做了一番刻意的修饰——理发吹风，薄施油粉，还特意买了一双当时特别流行的三接头皮鞋。之所以这样做，系刚出版了一册散文，且报上有好评发表，心中有情不自禁地得意，觉得匹配以盛装，才对得起自己。

进到会场时，已人头攒动，气氛热烈，似要被淹没在熙攘之中。但主持人居然径直奔我而来，说一个叫三谷孝的日本学者点名要对我进行会前采访，以便让他的演讲稿更加确当。三谷孝窄脸，细眼，长发，白面，汉语流利，礼数周全，对我说，因为您主持《房山文史选辑》的编务，对京西民俗素有研究，请多多指教。这让我很是受用，边摇头摆尾，边夸夸其谈。三谷孝认真地记录，始终保持着谦恭之相。对我的回答，他颇为满意，采访结束，隆情邀我合影留念。二人刚刚站定，他的秘书——一个美得让人不禁侧目的年轻女子，也蹿上前来，与我们同照。而且，居然笑吟吟地挽着我的胳膊，弄小鸟依人风。镜头之前，我居中，一个日本学者，一个东洋美女，有月被星捧的感觉。

带着这种感觉，我被礼仪小姐引上主席台。

我的邻座，是个老叟，这时已端坐在那里。见我上来，赶紧起身，与我热情握手，还从工作人员那里接过茶盏，殷勤地递给我。

那时的会风，还不像现在这样讲究，既不摆台布、花朵，也不设置座签，台上的人就兀自陌生着。好像还有一个重要人物尚未到来，大家还要继续等待。由于内心有些膨胀，忍不得就这样枯坐，便仔细打量身边这个老叟。

老叟奇瘦，由于坐得端直，上身就显得特别长，有瘦上之瘦。满头银发，腮颊无肉，有大小不等的老年斑。他穿着中式扣襻夹袄，色黑无光泽，一条玄色裤子，好像有些肥大，就愈显骨质伶仃。脚上是白色线袜和黑色圆口布鞋，由于袜口没有弹性，露出一节焦黄踝骨。整体看去，酷似一个田间老农，被促狭地位移于此。

我替他难受，陡地生出一丝悲悯，便主动与他搭讪，小声地问："你贵姓?"

他一笑，好像耻于说出自己的姓氏，反问道："您贵姓?"

我不仅脱口道出姓氏，还补充道："有个叫凸凹的作家，你知道不知道? 本人就是那个凸凹。"

老叟略一沉吟，赶紧说道："知道知道，您就是大名鼎鼎的凸凹。"

我觉得老叟还是识趣的，对他便有了一些好感，虽然觉得他来错了地方，但依旧还是可以体谅的，便小声问："你平常也写东西的吗?"

"也写一点，写一点小散文，之余搞点小小的研究。"他谦卑地答道。

"请问，写散文最重要的要素是什么?"

"真情实感。"

"这是最老套的观点。"我继续点拨道，"散文写作，最重要的是要有复合品质，学识、思想和体验，不露声色、自然而然地融会在一起。我觉得，只有学识，流于卖弄；只有思想，失于枯槁；只有体验，败于单薄。三者有机地结合在一起，就丰厚了——前人的经验，主观的思辨，生命的阅历——知性、感性和理性均在，这样的境地才是妙的。其实，天地间的大美，就在于此'三性'的融合与消长，使不同的生命个体都能感受到所能感受到的部分。文章若此，就适应了自然的律动，生机就盎然了，对人心的作用也就大了。"

他好像被我震慑了，不停地点头："高论，高论，我得记下来。"他果然在本子上写了起来。由于身直头低，他的脖颈显得很长、很细，有命悬一线的感觉。

他一边记，一边问："最近有什么大作出版，能不能惠赐一本，好让老叟开开天目、长长见识。"

"当然有，刚刚出版就引起轰动，书名叫《游丝无轨》。"

他表情立刻变得肃穆："好书名，好书名，很大气，很哲学！"

他的连连称叹，让我心花怒放，感到这个老叟虽然其貌不扬，但还是很可爱的。边说道："地址写给我，明天就给你寄去。"

在他书写地址的时候，会场有些骚动，是那个被众人等待的人到场了。上眼看去，是本地主管文化的官员，一个刚刚发迹的新贵。我陡地升起一丝鄙夷，有什么了不起的，这么重要的一个学术会议，你一个胸无点墨的市井俗物，居然让一片高人久等，岂有此理！

那个人径直朝着身边的老叟走来，不停地作揖："季老，罪过，罪过，让您久等了。"

季老！

莫非？我有些懵懂。

这时麦克风响了，主持人开始介绍来宾。

"请允许我以十分崇敬的心情介绍一位大师级人物，即享誉中外的季羡林先生。"

话音未落，猝地就响起一片连天的掌声。

站起身来的，果然是身边这位老叟。他好像很惶恐，不停地作揖、鞠躬。

他越是矮化自己，会场的掌声越是向上生长，许多人还纷纷起立，起伏之状，如春潮涌动。

我木在座位上，已无勇气站起来向他致敬，觉得那样的表示，是对前戏的嘲讽，更有恬不知耻的味道。待惊魂甫定，我悄悄地从他身边溜走，到街上的凡尘中，去找回自己的位置。一如是神的归庙，是鬼的如坟，是人的进廊庑。

仰望天空，万里无云，一片宏阔；日轮硕大，却播撒温柔之光，不炙人皮肤；人影稀疏，不拥挤道路，反倒怡然自得；街树入定，小鸟在枝间攒动，虽叽喳声小，却也听得真切。在这殿堂之外的凡常而美的景色之中踯躅一番后，我才渐渐释怀。

三天之后，我居然收到了季羡林先生寄来的邮件，里边有一册《季羡林散文选》。封面素朴，只勾勒着几枚蓝色的枝柯，还有两只写意的无名鸟。扉页上恭恭敬敬地题着一行小字：凸凹先生教正。字写得有些稚拙，不能让人与大师联系起来。我觉得季先生的做法，含着一种属于长辈的体贴，不让我有冒昧的余绪，而是赶紧"放下"，在平等中找回心安。

我并不急于读他的散文，而是找来他的论著和译著，以体会他的大和深。一如大树不摇，大水无波，格局的大小，才呈现品质和气度。我要自觉地用他的大和深涵养自己，让知耻之心，变成知识、学养和情怀的血脉，在浅地里长茂树，在凡枝上生菩提。

我首先耽读了他译的印度史诗《沙恭达罗》。他译得很美，让语句生香，让意象有禅意，让人物摇曳出自己的风韵。其中的一个句子，让我怦然心动，回味不已——

因为臀部肥重，她走得很慢，袅娜出万端风情。

沙恭达罗有大美，所以她无需急迫登场，更无需额外招摇，她只需从容自适地走自己的步子，身体自然就有节律，心灵自然就有圆满与充盈，生命也因此而风流有自。

这个意象，后来化作了我的写作态度——从容不迫地书写，而不管书写之外的声名。让跬步自然积千里之远，让无声自然回响在时光深处。人说，你已书写了七百多万的文字，却与大奖无缘，也与文坛高位无遇，换了别人，早就生出不公之愤、早就发出不平之怨，而你却依旧唇红齿白，笑容灿烂，几近于没心没肺。我反问道，你知道季羡林吗？你知道沙恭达罗吗？

人们不知道，与季羡林的邂逅，疑似天赐禅机，让我生命入定，有了一份难得的自信与从容。让我知道，眼光太"实"，则忧于物、忧于名、忧于利；心灵守"虚"，乃乐于情、乐于智、乐于创造。"园小栽花俭，窗虚月到勤"，这样的境地多清洁，多美！

事实上，美好的情感都是乘"虚"而入的，就像梦一样，它让人超越现实，超越羁绊，让生命舒展，让灵魂飞翔，让精神登场。也因为此，使人远离物化，成为唯一能在非功利的场域中自足地存活的动物！

有了这份定力，出得门去，一片阳光普照；迈出步去，一派尧舜感觉——不仅爱众生，也爱自己。

路上的时光

武稚 / 文

时光无色无味疾一阵缓一阵地向前流动。喜欢的时光和不喜欢的时光，耀眼的时光和黯然的时光，看得见的时光和看不见的时光，都在发生着一些云遮雾绕、貌似重要或者波澜壮阔，但实质上仍是明日小黄花般的事情。

我给时光泼过墨，我希望它能沉淀下来，沉淀出一幅深浅不同的水墨画。我也给时光加过水，我希望它变得淡一点，淡到我能像一根无色无味的羽毛在尘世中飘。时光你不能挣脱它，一生都在被它赶着走，花被它由青赶红了、抽谢了，四季都被它理顺了，我们还能怎么办。因此我更加喜欢那些难得的不一样的时光。不一样的时光闪着多少波光粼粼、多少痴心妄想啊。比如出行。出行并不代表旅行，但是如果你愿意出行确能起到和旅行一样的效果。我在一次又一次的出行中体验着万物用色彩的盛筵把美打开、把美推向极致，万物又如同闪电瞬间在我的身后逝空。

终于上路了，把票塞向闸机口，人走向高空栈道，那些拉着行李箱、背着旅行包急匆匆地赶过一个又一个、唯恐被火车丢下的人，一看就不是地道的"远足族"，他们的腿已经荒芜很久了，他们的铁轨上长满了草。从进入闸机口到上车13分钟，你用3分钟火急火燎把这段路走完，剩下的时间干什么呢，我在高空栈道上先四下里望一圈，对面新栽不久的小树林里的积雪已经没有了，上次我在这里远眺，它的根部还有一窝一窝的白。远方的寺庙，脚手架又被拆掉一座，它拆掉一座就会有一个大殿露出来，现在已经有七八座大殿立在那里了。还有这些高铁站我亲眼见证了它们的从无到有，我目睹了那么多座高铁站的建成，见证了第一列高铁的运行。欣赏完这些东西，我从高空慢慢踱下，站台上的人一簇一簇地也在踱，全都弯着腰，后背向是被谁朝上提了一把，这里的风总是很大。这些人像落在地上的麻雀或者山鸡，目光涣散，偶尔跺跺脚，少有人在交谈，多数人盯着手机。这时我总是极力地东张西望，希望能发生一些事情。

曾亲见对面一列高铁缓缓停下来，车上的旅客和车下的旅客互相交换。高铁缓缓起动。却见一锐利女子呼啸着冲向车厢，双手想把门扒开，她跟着高铁跑，或者是高铁引领着她跑。一位女列车员却也是"呼"地一下，箭一般贴向车壁，三下两下把那女子从车壁上给摘下来，那女子高呼，我的包在车里，我的行李在车里。女列车员也高呼，你去哪死我不管，你在这里死，我一年就白干了，我半年奖金就没有了。女列车员像摁一只小鸡子似的死死摁住她。那女子就因为下车打了一个电话。

还亲见一个男子，高铁慢慢起动，那男子却把烟头一扔，呼啸着冲向车厢，双手想把车门扒开，一个男列车员却也是"呼"地一下，贴向车壁，三下两下把那男子从车壁上给摘下来，那男子也在高呼，我的钱包，我的行李。男列车员照例也在高呼，你在哪里死我不管，你在这里死，我一年就白干了，我半年奖金就没有了。男列车员不仅像摁小鸡子似的摁住他，我看男列车员还想揍他。

还亲见一个男子在等车，他被一圈人围着。这男子脑袋深深地低着，额上一缕黑发垂下来，他没长眼睛，一副黑口罩把嘴脸包着，他不看任何人。他的双臂扭向身后大概被铐着，一副银亮亮的脚镣拖在地上，这脚镣崭新，以前显然没有用过。围着他的人高矮不一，穿着便服，眼睛却不停东南西北看。高铁缓缓进站，站台上的人慢慢散去，有的一边走一边回头看。这个人也将被高铁带走。不知道高铁把他带到哪里。

这样一段时光说漫长也漫长，说短暂也短暂，全凭消费它的人怎么看。我经常看天看地地忍耐着它，它太有原则性，太有刚性，难以利诱，终是无法合理使用。总有一些时光是我们无法动手的。

终于坐在车里了，长呼一口气，我的另一段时光开启了。这是我长久以来慢慢摸索、澄清、净化出来的一段时光，后来变成一种我孜孜以求的美妙时光，散文时光、诗歌时光、杂文时光。我从包里慢慢掏出一本书，现在面前终于没有电脑了，手机这会儿也不用理它。高铁正开着，我捧着一本书慢慢地看去，或是慢慢地睡去。任凭光线或明或暗地划过书本，我的脸。偶尔我抬起头向着窗外漫无目的地看。太阳在某一处定定地不动，天空灰白是灰白，绿是绿，如果它们混在一块，世界将会是什么样子。房屋、绿树、田地、山川在薄幕之下温暖缠绵，沉思或也在叙述。我一年一年跟着火车跑，书本把它的神奇一页一页翻给我看，就像大自然把它的神奇一页一页翻给我看。

我不停地在书本上划划、圈圈，如果是直线，说明高铁心情愉悦，乘风破浪。如果是波浪线，说明高铁有情绪，抖了几抖。早些年坐绿皮火车，我的笔画出的线堪比田畴，一行一行碧波万顷，白鸟也喜欢栖息其间。我一路上能画几亩地。情绪起伏最大的应该数着汽车，即使在高速上，也喜欢"咯噔咯噔"闹几下，要是下了高速，它还会冷不丁蹦几下，我在看书，它在伴奏。出事最多的也总是它们。总之高铁是最温暖、最理想的书房了。

我最不喜欢我旁边的人拿眼睛定定地冲着我的书本看，他在看我读什么书。曾经有一个人看我在书上圈圈点点地画，惊叹地说，竟还有你这样看书的。他们会随手翻翻我看的是什么书。不是传奇，也不是什么穿越故事，他们会索然放下。我讨厌他们的打搅，我根本不会和他们交谈，他们以为我是在做样子。只有一次我刚要下车，我的左邻，一位姑娘叫住了我，她说，姐姐你一定要给我加个微信，我都没敢打搅你，你看书的样子真入神。入神的世界可能也带了点神性吧。我立马和她加了个微信。不仅仅是我喜欢听别人夸，而是我喜欢崇敬读书的人。这个世界总得要有人给他们鼓励一把，这个世界总得有几个人站出来让他们崇敬一把。

世界上最好的路读伴侣，是耳朵里插着耳机的，遇到他们你全然放心好了，世界都不在他们眼里，你坐在哪里他们都无所谓，世界在他们微闭的双目里飞奔。如果左边一个邻居在写ABC，右边一个邻居在写"借贷"，那也很好，这节车厢分明就是阅览室了。我们仨偶尔会朝窗外看看，大地静默，万物呈祥。

世界上最糟糕的路读伙伴，要数那些孩子了。四五岁的孩子话多，走一路问一路，问得世界都黯然失色，问得他们的父母都恨不得捂上耳朵。六七岁的孩子事多，要不就是喝水打碎了杯子，要不就是要去尿尿，要不就是用豁了门牙的嘴，发出古怪的声音，吹喇叭哨子。对付这些孩子，我向来有办法，我从皮包的夹皮层里，摸出一副橙色耳塞，我迅速地把它们塞到耳朵里。我的世界依然是我橙色的世界。

我还遇到过一位可爱的路读伴侣。粉色的小包裹包着，整个脑袋拱在母亲山形的胸部，一路上都没有拿开。她的一只小腿耷拉在母亲的腿上，另一只小脚不偏不倚放在我打开的书页上。粉色的袜子、肉饼子一般的脚，显然是把我超大的书页当成了温暖的小床，我倒是紧张得大气也不敢出，我将就着把这一页书看完。我小心翼翼地抽出书本，翻开下一页，那只肥嘟嘟的肉饼子脚倒是不紧不慢地、理所当然地又压在上面。有几次她的头上冒着汗珠的母亲忽然发现了这种情况，呼啦一下，一把就把那只小肉饼子塞回了肚子。我的书本清净了一会，清净的书页似乎也却少了什么。

也还会遇到特殊的路读伴侣。有一次我刚上车，我的右邻就开始打电话。客人你昨天一一都通知到了吧，下午五点之前再发一次短信。房间一定要三个八，这点务必给我定下来。三个九也行。海参小米粥要一人一份。木瓜炖雪蛤一人一份。鲍鱼要三十块钱一只的。西湖醋鱼来一份，还有神仙鸽子，玉带虾仁……哦，龙虾那么重的没有了，那就换成面包蟹……客人不能全到？你赶紧再给我核实一下，看例菜要去掉几份，刚才的菜我再重新编排一下……我迅速把橙色耳塞塞进耳里。我发现那香味还是不绝如缕，屏气凝神香味更劲，深吸一口气却什么也没有。我的耳塞竟然搞不定它。我一路闻着香气，一车厢的人都闻着香气，不知道高铁有没有咽下口水。等我下车时，那道盛宴还在继续，而我一道菜也没看见。

还有我的同事，我们经常一同出差。买高铁票我经常是搁了几个时辰再买，我得确保我们中间穿插一定数量的人，不和同事们坐在一起。要是和男同事坐在一块，路上他们时不时要讨论，我们先到什么企业，再到什么企业，若是纳税人找不到或是不配合，我们应该怎么办。若是和女同事在一起，除了讨论必要的行程、案情，有时还要讨论孩子、房子，再抱怨抱怨工作为什么这么忙，人为什么老得这么快。我若是抱着一本书岩石一样地坐在他们中间，显然不合时宜，有时就只得附和地说，觉得一路的时光全是浪费了。而我离他们远一点，并不代表我下了高铁行动就会慢，并不代表我到现场工作积极性就不高，再说那些案情我们已讨论好多遍了。可是每次我打游击似的买票，还是经常性落在他们中间。

现在我越来越担心有一天我老了，我的路跑完了，我到哪里去读书？有一次我从火车上下来，我并没有急于回家，我坐在地铁口的椅子上慢慢地想，火车把一拨一拨人送出来，又把一拨一拨人拉走。火车在不远的地方穿梭往来地跑，我忽然想到，火车把我扔下来，火车把我扔到这里，扔到这椅子上，就是想让我在这里安安静静地读书，火车在不远的地方跑，我在这里看书，我再也不要上车下车了，再也没有谁突兀地闯进来了，这整个地下大厅、这整个火车站广场，这漫天漫地都是我的路读时光了。

想读的时候读一会，想划的时候划一划，抬起头来，站台上左顾右盼的时光向我走来，一节又一节的车厢向我走来，没有谁知道书是这样读的，没有谁知道一个渐渐老去的女人的时光是这样度过的。这是我和火车的秘密，这是我和书本的秘密。

　　这也是我和远方的秘密，和时光的秘密。一直有这样的一列火车在等着我。

我愿意去读懂你

王小毛 / 文

一

我真后悔给爸买智能手机，更后悔教会他刷朋友圈。

周一，我在公司被忙碌的工作牵得团团转，郁闷地在朋友圈发了条动态："一个上午累成狗。"几分钟后，手机提示音响个不停，全是爸发来的超长语音。我以为家里出了什么大事，赶紧放下工作躲进厕所收听。

哦，原来是一堂生动的思想教育课，最后还说："不要把自己和狗相提并论，你是狗，你爸是什么？"

我抱着手机真是哭笑不得，不知和爸从何说起。

一个周末，我约了闺密去逛街，回来时发现好端端的家被我表妹一条名叫肉肉的哈士奇狗给"强拆"了。可肇事者一脸不屑地蹲在门口，根本没表现出一点愧疚之意。卫生纸被撕碎了我忍，沙发被啃了也可不计较，但当我看到摔碎的粉饼和折断的口红时，一股怒火攻上心头，立即拍照片配上狠话发到朋友圈："这种狗，怎么炖好吃？"

143

几分钟后，我爸的斥责电话就打了进来："你是不是疯了？为了这么点事就要杀肉肉！"我实在无语。

为避免爸产生不必要的误解，此后我再发朋友圈，都会选择性地屏蔽他，仅向他展现自己"积极向上"的一面。因此，爸的唠叨明显少了。

有一天天气甚好，我穿着新买的春装去公园玩，因为知道爸喜欢我参加户外活动，便拍了几张美图展示健康生活理念。爸好像一直擎着手机窥探我，整日无事可做，只等在另一头伺机而动——照片刚发好，就是一个秒赞。

可接着，我又收到三篇"深度好文"，标题大概是"小心病从脚入""女人最怕脚受凉""足部穴位详图"。

唉，真是防不胜防！为了扮潮，我特意露出一截脚踝，谁承想大好春色他不看，偏偏把注意力放到我的脚上。

我赶紧解释，气温回升，一点都不冷，街上的小姑娘都这样打扮。爸大概觉得用语音说费事，直接打电话过来。

最后的结果是我只好妥协，下午回家换了长裤、长袜，并拍照片发给他看。此后，我每天都能收到爸推送的"养生文"，感觉自己有望活到下个世纪。

十一假期到来前三天，爸一改风格，每天准时分享两篇感恩父母系列文章，接着还发来这样的语音："女儿呀，你要是忙，就不要回来了！爸特别好……咳……咳……"

听听，我怎么能不回去？

那日下了出租车，只见爸正满面红光地在小区门口等我，一边还在和几位邻居侃大山。我主动和几位叔叔打招呼，爸对我的举止、衣着特别满意，在回家的路上不停地示好："女儿啊，老爸给你做了一桌好吃的！"

爸的厨艺确实很好。我空着肚子赶火车，早已饿得饥肠辘辘，一见蛋黄焗鸡翅、蒜蓉开背虾、红烧排骨，我扑上去抄起筷子准备开吃，却被爸叫停："等下！我先拍个照！"

为了取个全景，爸踩着一个小凳子，其间三次下来调整摆盘。好不容易拍完饭桌，为了凑"九宫格"，他还要拍我送他的礼物，以及我吃得满嘴流油的囧样子。他没完没了地折腾，根本顾不上吃饭。我风卷残云，吃饱喝足后，见他仍弓着身子，不停地删删改改。

二

我一直觉得，爸身上有一种与年龄不符的幼稚。

印象中，爸是我周围第一个接触QQ的家长。我读中学时，有一天放假，我在电脑前和网友聊得甚欢，爸借着送水果的机会在我身后磨磨蹭蹭半天，最后用讨好的口气问："宝贝女儿，你能不能帮爸爸申请一个QQ号？"

当爸可以在我的个人空间自如出入的时候，我已经悄悄玩起了微博，没有爸这个"好友"跟踪，我终于可以肆无忌惮地宣泄情绪。我原本不想让他知道，可一次亲戚聚会，表弟在饭桌上大咧咧地问我："姐，你关注下我的微博，@我一下呗！"

我感觉情况不妙。果然，爸迅速从推杯换盏的氛围中抽离，一脸疑惑地问："啥是微博？怎么关注？"

于是，我又成了爸的"特别关注"。

这些年，爸一路跟着我，从QQ到微博，再到微信，一直艰难地适应着这个日新月异的网络时代。但他用尽全力也只做到了形式上的趋从——他其实并不懂我，更猜不透我在想什么。

三

爸发完朋友圈，才安心地坐到饭桌前。饭菜已凉透，我提出给他热一下，他却说："不用热，你快去给爸点赞。"

我只好听他的话，点进他的朋友圈，手动点赞。是的，我把爸设置为"不看他的朋友圈"，因为受不了他动辄用养生好文刷屏。

点完赞，我坐在饭桌旁陪爸聊天。爸啃排骨的时候忽然想起什么，撂下筷子问："你不会真想把肉肉炖了吧？"

唉，我不知该怎么跟他解释，毕竟，他能理解的网络词还停留在"给力"这个层面。

我说："老爸，我们这代人的表达方式，不是你想的那样严肃。"

爸的脸红了，憋了很久，才说："你什么事都不跟爸说，爸只能自己想办法去了解。"我心里突然不是滋味，假装埋头刷朋友圈，内心早已波澜四起。

妈去世早，是爸把我拉扯成人。我知道爸爱我，但我总觉得在这世上没有可以倾诉少女心事的人。后来，相继出现的各种社交工具给我的情绪一个出口，我和那些素不相识的陌生人谈烦恼、聊困惑。爸担心我，但我什么都不愿意和他讲，他能做的，便是努力融入我的世界，跟在我的身后，捕捉我喜怒哀乐的蛛丝马迹。

爸在QQ上，只与我一人聊天；爸的微博，只关注我一人；爸在微信上倒是偶尔和亲友交流，但把我设为置顶聊天对象。翻一翻我们俩的聊天记录，每次天气突变、流行病来袭……他总是兴师动众地搬运一堆文章，希望能帮到我，而我的回复，永远都是简单的几个字或者表情。

隔日早餐时间，我发现爸坐在桌前看手机。许久，他才笑着说："哈哈，'累成狗'原来是这个意思啊！"

爸又开始学网络用语了，看他认真记录的样子，我不想再做他特别难懂的女儿。

回到自己的小家后，我做的第一件事就是上网整理网络用语，逐条解释，给爸发过去。

因为在亲情的世界里，只有我们俩。他越来越苍老，靠近我的姿态越来越笨拙，所以我想等一等他。我也愿意认真地去读懂爸，我想告诉他，我的心其实从未与他疏远。

请和我门外的花坐一会儿

王太生 / 文

闲读汪曾祺，看到他在《人间草木》里说："如果你来访我，我不在，请和我门外的花坐一会儿。"似听见一个可爱的老头儿在喃喃自语。

春日深深，花是主；杨柳风吹，人似客。

访友不遇，多有见诸历代文人的笔下。"行至菊花潭，村西日已斜。主人登高去，鸡犬空在家。"不遇，多少有些失望，正欲抽身返回，可一回头，主人有一簇花儿，在光影里，忽明忽暗，拥立门旁。

在我们这个小城，不少人家的宅院门旁都长着花儿。

在一条老巷子里，有户人家门口长着紫藤，年年暮春一嘟噜一嘟噜，深深浅浅，垂挂竹架。到这样的人家有点什么事，若遇主人不在，人又走倦了，还真得停下来，找一级台阶，歇歇脚，和他门外的花草坐一会儿。

门前有花，诗意居住。我一直觉得自己从前曾经住过一个院子。那个院子不大，门角有数丛芭蕉，叶影疏疏。有客来访，轻叩门环，人站门下，人画俱绿。

虽然其实不曾有过，但我常到邻居家走动，敲门时，有的院子比较大，里面的人一时听不见，或者听见了，等他来开门要过一会儿，也只能和他门前的花草坐一会儿。这种"坐一会儿"，是用眼睛去交流，与花对视，或者漫不经心睨上一眼，等到木门哗然洞开，它们已成为在身后的温柔背景。

花儿摇曳生趣。在我少年的时光中，邻居的沈家大门是一座青砖灰瓦的老宅子。宅子里的孩子，有我儿时的玩伴，那时我经常去老院串门，大门是虚掩的，门口栽一丛芍药。小伙伴有时不在家，我就在门口等他，有天中午，我坐在门口的台阶上，阳光明媚，风吹得那些花儿，摇曳多姿。

门外的花，还有别的植物，鸡冠、牵牛、芭蕉、蔷薇、月季、天竺、蜡梅……尤其是蜡梅，不光是坐一会儿，还俯下身去，凑近闻香。

岳父在世时，院子门旁种过一棵葡萄藤，枝粗如棍，初夏开花，然后结小青果，枝叶还算茂盛，挂的葡萄也多，我们都曾坐在门口，和葡萄坐一会儿。

"请和我门口的花坐一会儿"，是一个人留下的花草笺、春日帖，是主人唯恐怠慢客人，担心客人在等待的过程中单调乏味而说出的话。这是多么美妙的情境，又是多么美好的际遇。我所能想到铺展下去的事情，还可以叮嘱对方，树上有鸟雀，架上有葡萄，你如果口渴了，可以先摘上几颗尝尝。

门外的花，是老房子的建筑小品。花闲情，主人也很雅致。

在徽州，我又遇到汪曾祺所说的情形，有一户粉墙黛瓦的人家，门墙上爬着那种绿碧碧的凌霄，弯曲曲的藤蔓，嫣红的花儿，开得正欢，我看到一个小伙子，大概是走累了，坐在门口花下的一条木凳上，咧着嘴，和花儿以及房子的主人攀谈说话。

乡下的老房子，门外也有花。春天，在乡下，我的一位亲戚，他家门外一片紫蝴蝶翻飞的豌豆花。这样的季节，倘若访客不遇，也并不需要树下问童子，他大概是忙去了，且搬只小板凳，在他家门前坐一会儿，这时候，会看到千朵万朵的紫蝴蝶，在时光小道上轻盈翩跹。

把花种在门外的，是一个有生活情趣的人，也是一个随和大气的人，不把花只种在院里独乐，而是种在门口，与路人分享。

想做一回青石台阶闲淡人，春风再度，清风拂面，岁月不老。

·

我们的耳朵曾经错过一些什么

陈思呈 / 文

1

村子里的老式房屋，是瓦片做的屋顶，新修的那些却自甘堕落，屋顶都由两块铁皮中间夹着一大片泡沫。这是为了省钱，听说也能够隔热，但有个大问题，我不能忍。

那天晚上我刚抵达这个村子，洗漱完毕正要入睡。就在醒和睡的夹缝里，头顶正上方一声锐响，有物体砸落屋顶。我从夹缝里被拉出来，拔剑四顾，只隐隐听得一个小物体滚动而去的细屑声响，仿佛刺客正从屋顶用轻功逃窜。

我没追它，重新躺下，抱着对世界的乐观态度再次入睡。谁知世界报我以暴击，不久，正上方又传来一声锐响，比刚才那声更挑衅，坠落之物的力度和体积似乎更大。

这次我爬起来，延脖窗外，尽力望向夜空。一片漆黑，一片寂静，百思不得其解。房子里其他人都在沉睡，仿佛只有我一个人的听力是正常的。我总不好叫醒屋主相询。

这次我已经从乐观主义者变成怀疑主义者，果然，接下去整夜，重物坠落的锐响不定时地响起，那个"等待另一只鞋落下"的故事，在这里，变成了蜈蚣的鞋子，一个团的鞋子。

谁说乡村之夜是静美的呢？

天一亮，顶着一头鸡窝的我迫不及待地问屋主人，那个声音是什么。屋主人吃惊地反问，什么声音？！

后来她沉思地说，该是屋后的龙眼树吧。难以置信，小小的龙眼掉在屋顶会有那样的锐响。但屋后确实有棵巨大的龙眼树，此时正是果季。如果不是闹鬼或者刺客，罪魁确实只能是它了。

加之南方的夏天，常有台风天，龙眼落得多。铁皮做的屋顶和夜的静，一起放大了这种声音。但村里人都习惯了，进入大音希声的境界。就像我在村里的路上，经常会吸着鼻子问，这是什么树的香气？他们都表示没闻到。

第二天晚上我果然也习惯了，慢慢地入睡了，还睡得很好。

我在微博上发了一条有奖竞猜："大家能不能猜得到，在粤东乡村，夜里被某种大自然的声音吵醒，不定时响起。是什么声音？"有150多个回复，只有一个答对了。所以我的无知也并非世间罕见。

从其他人的回答里得知，在乡间夜晚，还有各种被吵醒的可能性。比如，蛀木虫的声音，据说就像有人在你耳朵边持续吃着薯片一样。

我很庆幸我住的只是一个铁皮屋顶，要是再加一些木头梁子里的蛀木虫，那就双重倒霉了。

至于蛙声蝉鸣那些，都是意料之中的，倒没什么好说。

2

有一天下午，我坐在村子里的一条小石头路旁边的树下刷手机。我很喜欢那条路，因为路上铺的是碎碎的小石头，是附近的一家人铺的，简直有点日本枯山水的味道，也极少有人经过这里，这里真是一个风水宝地。

用眼久了，便闭眼休息一下。四周是乡村特有的宁静。突然，我听到一阵非常轻微的声音，又轻又快的"刷、刷、刷"，不是风吹竹叶，风吹竹叶的声音高踏一些，有猎猎之感。也不是细雨落池塘，雨落池塘，再小的声音也有共鸣，是连成一大片的，成规模的。

原来，是一只小狗，在那条铺着小碎石头的路上来回地走，它厚厚的肉狗掌摩挲路面的小碎石头，就发出了那种非常轻快的"唰唰"声。

真好听，让人心里毛茸茸的。更重要的是，这细微的声音，好像给我的耳朵开了光，我的耳朵仿佛瞬间有了明暗的对比，它突然听懂了此处的安静。

此处并非纯粹的安静。如果混沌一片地听着，会觉得一切本该如此，但如果是一双新鲜的耳朵，就能听出多层次多声部。

首先，蝉鸣，是一片不知疲倦的背景色，连绵一片又易被忽略，但它与蓝天是多么般配。

然后一些鸟的啼叫点缀其上，勾勒出纵深。

短促而干净的叫声，仿佛乐意发表意见、但又绝不饶舌。那大概是长尾缝叶莺？

另一个更有底气的声音，明显它发表的意见更有分量，也更准确，那大概是黑脸噪鹛？

还有一个跟班……是红耳鹎？

群鸟的叫声与远远的群山唱和。而这时，低音部不可或缺。

那是蛙鸣。沼蛙的声音像狗叫，本来应该是刺耳的，但又融入了混沌的寂静，竟让人不觉突兀。还有弹琴蛙，叫起来是"哎哎哎，哎哎哎？"的发声，与悠扬的鸟声相比，像以大老粗为荣的文盲。

一阵"都都都"的声音，那是附近养的两只番鸭，它们在喝水，嘴巴碰触搪瓷碗底。

各种声音被分解的过程，让我想到电影《八月迷情》。小男孩埃文个好耳朵。第一次走出孤儿院来到街上，第一次听到街声，街上各种车子的喇叭声、车轮摩擦声、刹车声、人们的交谈声……对他而言，组成了天然又有序的乐章，他能听到很多细节，仿佛把一出演奏会中的乐器，一件件识别出来。

又想到宫崎骏的电影《借物小人艾莉斯蒂》。借物小人只有10厘米，所以人类世界在她的听觉里，无数声音被放大，她能听到水流在水管里流动的缓急，能听到昆虫在叶子表面腾翅飞走时带动的空气气流。

那么我们到底错过了多少声音呢？作为一个用眼过度的资深近视者，我意识到自己对听觉的荒废。

3

但比大自然的声音更迷人的，还是街市巷陌中，人类的声音。

那天仍然在乡村——是一个离市区相对比较近的乡村——听到有人挑着担子来卖鱼。叫卖声从远及近、由近及远地笼罩整个村子。那是一首自创的歌谣，歌谣的内容不外是把各种鱼的鱼名，按它们的发音顺口程度连缀起来而已。但他天生的好歌喉，加上韵律的科学搭配、鱼名的合理罗列，整个过程，宛转高扬，气度不凡。

琢磨很久，知道他非这么唱不可。鱼名是顺势而为，元音必须恰好用在高音，高音才能把叫卖声往外扩散，如果都用平常说话的方式来发音，如何扩散？另外，在发音方法上他故意含糊了原来的发音，一来可能是省力（清晰发音太累），二来听者会努力分辨他唱的是什么，分辨过程，注意力不知不觉地被吸引了过去。

民间的才华。

想起来，有很多叫卖声都才华横溢。叫卖声一定是符合发音学和音律的，包括收破烂的："旧电器旧报纸，旧电视旧摩托，旧书旧被，旧铜沤铁"，增一字则多，减一字则少，每一字不可调动位置，像前贤论诗所说，好的字有"黏"性，调动之后都不如原文贴切。

每一类叫卖声又有区别。卖鱼的，叫卖声悠扬远传，高处直入云霄，低处拖曳不去，戏曲一般，竹筐里的每一片鳍翅鳞光大概都是他的底气。收破烂的，则短促简洁如快板，如三句半，讲究的是直入耳膜，不容置疑。这么说吧，卖者往往更有阔裕的气概，买方则是化繁为简的魄力。

但最为优雅的卖花声，吾生也晚，竟没听过。"卖花声过，人唱窗纱""枕上鸣鸠唤晓晴，绿杨门巷卖花声""数歇卖花声过耳，谁家斗草事关身"的情形，只在资料里得见。

也不是只有卖花声才诗意。几乎所有的市声都是诗意的，在某个时段。比如在老家，醒得很早很早的时候，天还没有亮透的时候，能听得到路口的小集市，猪肉铺老板率先排开案板，然后，有一大扇猪，沉重地甩在案板上，"砰"一声，意味一天开始。然后便是手之所触，肩之所倚，足之所履，膝之所踦，砉然向然，奏刀騞然，莫不中音，合于桑林之舞，乃中经首之会。

他旁边的早点铺子，卖油条豆浆加肠粉的，当然也没闲着。风炉烧起来，炉膛里"呼呼"越来越响，碗、碟、筷，各就各位叮当恳切，间插着这一切的，是早点铺子老板娘和猪肉老板的大声聊天，他们比邻工作已经多年。

这是平凡的一生中平凡的一天。

故事是怎么长出来的

林特特 / 文

一

两年前的一天，我打了辆专车，从北京去香河。

一个朋友是香河马拉松的主办者之一，应他邀请，我带着全家去赛场为他捧场。

堵，烈日炎炎。

坐在后排，依偎在我身边的孩子越来越不舒服。他说，想吐，看来是晕车了；为引开他的注意力，我便给他讲故事。

故事从他问我第一千零一遍的问题开始。

这也大概是每个孩子都问过父母一千零一遍的问题，"我从哪里来？"

堵在高架桥上，我抱着满脸通红的他说——

"洛洛啊，你知道吗？

"有一天，爸爸妈妈想要一个孩子，爸爸就把种子放在妈妈身体里，然后我们手拉手睡着了。梦里，我们飞到天上，遇见一个仙女，仙女对我们招手，她说，想要孩子吗？跟我去挑一个小天使吧。"

洛洛听入神了。

我发挥想象，尽情勾勒在天上遇见小天使们的情景——

"游乐园里，许多小天使在玩耍。"

"他们你追我，我追你。"

"终于，我和爸爸在滑滑梯旁发现一个小天使，他有点馋，嘴角还有一粒面包渣，一笑眼就眯起来……"

洛洛知道，我说的是他，眼已经眯起来。

坐在副驾驶座的爸爸忽然转过头，加入创作："还跑得特别快，我抓都抓不住。"

那天，这个故事我讲了五遍。

后面的情节包括，我和爸爸如何一眼挑中他、下定决心要他，仙女如何苦劝我们再想想，再挑挑，都被我们严词拒绝。

听了五遍，洛洛睡着了。

醒来，他问我，什么时候发现他就是那个小天使。

车已进香河界内，我看着窗外——

"梦醒后的第九个月，我生下了你，爸爸见你第一眼，就惊呆了，冲我喊，'天啊，这不就是我们在天上挑的小天使吗？'"

前排的爸爸解开安全带，准备下车，再次回头，表示肯定，"对！"

二

半年后的一天，因为洛洛不听话，我情绪失控，把他推出门，我说，我不想做你妈妈了。

他的反应出乎我意料。

他愤怒地质问我："我在天上做小天使好好的，是你把我挑回来的，现在不想要我了？"

一时间，我惊诧地忘了生气。

惊诧他还记得，而我已经忘了。

可既然故事已在他心里生根发芽，他坚信他是小天使，我能做的就是帮他坚定这种坚信，我立马说，对不起，我再也不说让你走了。

此后，出现过，他笑眯眯对着夜空发呆，问他在干什么，他反问我，"就是那架滑滑梯吗？"他指着一弯新月，"是你和爸爸发现我的滑滑梯吗？"

还出现过，看星云图，我解释什么是仙琴座，什么是巨蟹座，他畅想着，"我在天上做小天使的时候，就弹过这个琴，和这个小螃蟹玩过。"

甚至，我们在京郊度假，清晰见到银河的那一夜，洛洛脱口而出的也是，"啊！我做小天使时，一定在这条河边洗过脚。"

总之，当他坚信自己是小天使，一切都变得有梦幻色彩，他像玩拼图一样，拿想象补全前史，发生的一切都以天使为逻辑存在。

故事就这么自己长出来了。

三

然而，孩子并不满足于知道"前"，还关心着如何"后"。

洛洛第一关心的是,如果他是天使,他的翅膀后来去哪了?

我的解释是藏起来了,怕他飞走;爸爸的解释是,藏起来了,"但等你能飞、想飞,我就陪你飞。"

呵,这也是爸爸和妈妈的区别吧。

然而,问题又来了,"究竟藏到哪里去了?"

一段时间内,只要洛洛单独待在房间,就扑腾腾翻箱倒柜;他还问同学,"你找到你的翅膀了吗?"

我是在春运途中,终于找到合适答案的——

"为什么每年,爸爸妈妈要带你回老家?因为你的翅膀,一只藏在妈妈的老家安徽黄山的山洞里,一只藏在爸爸的老家福建武夷山的山洞里,我们回老家,是翅膀在默默引领着我们回去看它。"

然而,还有比翅膀更难解决的问题,即生死——

"天使在做天使之前,是什么?"

"你和爸爸以前也是天使吗?"

"如果我是天使,我以后想要孩子,也要去天上挑天使吗?"

洛洛的问题追着问题。

于是,我编织了一个轮回,"小天使被人间的父母挑回来,慢慢长大,也变成父母,再去天上挑天使做孩子;他们变老,特别老,就再回到天上,过一段时间,再变成天使,等待人间的父母来挑。"

天知道,编织的过程有多复杂。

用网络文学的话来说,我几乎打造了一个世界观。

天知道,孩子的衍生能力有多奇妙。

当一个清晨，我醒来，发现洛洛睁大眼睛，显然醒得更早，并显得很忧虑，我问他，你在想什么？

他回答，如果你和爸爸回到天上，我还在地上，我们是不是见不着了？

我说，也许见不着，也许有一天，我和爸爸又到地上，又需要去天上挑小天使，可能还会遇见你，但我们都变样了，不一定认识对方，可能会错过。

他就这么忧虑了一天，直到晚上放学回来，搂着我脖子，说他想出办法了——

那天，洛洛说，妈妈，我不是总把"走"喊成"抖"吗？等你和爸爸再去挑小天使时，我们都变样了，我就坐在滑滑梯旁，谁来挑我我都不走，你们一喊"抖"，我就知道我的爸爸妈妈来了，我就跟你们回家。

他因想出办法，眼睛又笑得眯起来。

而我哭了，我想是时候写这个故事了。

一个自然生长出来的故事，一个偶然开头，孩子却让它发芽开花结果的故事。

一个真正由天使赐给我的故事，我只是记录者。

家住浦东

陈晨 / 文

一

二十世纪八十年代初。一个清晨。

天还没有亮透，一抹红霞在云层后面若隐若现。

我跟着父亲，从海边的老家出发，坐车"到上海去"。

老家南汇地处浦东，是上海最东面的郊县，家乡人习惯把去浦西叫作"到上海去"。在浦东方言的语境里，浦西才算是上海。

这是我第一次"到上海去"，第一次赶这么远的路。

"到上海去"的路途极其漫长，先要步行数里，才能乘上到县城的公交车，到了县城再换长途汽车。稀少的班次，缓慢的车速，让出行变得疲惫不堪。在东摇西晃的行进中，我第一次知道了晕车的滋味，一路脸色煞白，昏昏沉沉，胃里翻江倒海，随时可能呕吐。

终于到了终点站东昌路码头，下了长途汽车换轮渡。

虚浮的脚刚刚跨上轮渡，半空传来一声汽笛巨响，惊雷一般，让人陡然一惊，不由得警惕起来。眼前是茫茫的黄浦江水，黑而浊，散发着极不友好的气味。对岸，一排异国风情的建筑美轮美奂，这是著名的外滩，以前只在书中看到过。

外滩的建筑仪态万方地排列着，似乎并没有向人示威的意思，但那种高贵典雅的气派，莫名地让我感到自卑和疏远。

走进"上海"，"阿拉阿拉"的话语在耳边飘浮，我觉得自己像一条上了岸的鱼，连呼吸都无法自如。这是浦西人的上海，不是浦东人的上海。我只想快快逃离"上海"，回到我的浦东去。

开发开放之前，浦东是一个不受人待见的地方。民间有俗语："宁要浦西一张床，不要浦东一间房。"在上海滑稽戏里，娶大娘子、吃三黄鸡的浦东人，常常贴着憨厚、落后、木讷、保守的标签。而浦东方言，因迥异于市区的发音，常常遭到嘲笑，一句"轰杜来霞啦"（意为风很大）似乎是浦东人的标志方言，哪位浦西人想要折辱一下在场的浦东人，只要一说这句话，立马就会引来哄然大笑，让面前的浦东人自觉矮了三分。

家住浦东，在当时，是一件令人自卑的事。

二

那时的我，只知道浦西对于浦东的优越感由来已久，浦东浦西的隔阂也由来已久。却不知道，八十年代的上海，城市发展缓慢，居民住房极度紧张，食品供应匮乏。浦西，远没有想象中那样光鲜亮丽，普通百姓的生活条件比家住浦东的我们好不了多少。

当时的上海，正在迫切地等待着一场变革，等待一个发展的机遇。

变革是自上而下的，但远在市郊农村的浦东人，对决策层关于开发开放浦东的决定并不关心。对于未来，我们缺乏足够的想象能力，虽然也有梦想，但梦想的翅膀只敢贴着地面飞行。

一九八九年，我考入佘山脚下的一所高等学校，从上海的东部，穿过市区，来到了上海的西部。从家到学校，单程就要六七个小时，多种交通工具轮番换乘，每一次往返都是在漫长的等候中考验耐心，在一路站立中考验体力。

一次次往返，从市中心穿过，渐渐熟悉了城市的斑马线，熟悉了城市的叫卖声，路边小店的鸡鸭血汤和生煎包轻易地笼络了我，解除了我对城市最初的戒备和敌意。

但我始终无法喜欢轮渡，一心期盼着越江大桥的出现。气势汹汹的汽笛，黑而臭的江水，码头上漫长的等候，蜂拥的过江人流，常常让我与城市刚刚建立的亲密关系土崩瓦解。在焦虑的等待中，我一次次期盼着越江大桥的出现。某次雨后，过江时看到天上悬挂着一道彩虹，我突发奇想：如果能够沿着这个七彩的桥，从浦西滑到浦东，该有多好！

盼望着，盼望着，黄浦江上真的就有了桥。一九九一年十二月一日，一座双塔双索面、叠合梁斜拉桥飞架浦江两岸，她有一个响亮的名字叫南浦大桥。多少市民奔走相告，以迎接头生子般的骄傲和喜悦，跑到董家渡仰望大桥。

一直记得那次跟同学专程跑去看大桥的经历。那时，上南浦大桥桥面观光需要买票，而且票价不菲。我和几个同学纠结了半天，终于还是咬咬牙买了票。直达电梯"倏"地一下，就将我们送上了五十多米高的桥面。

走出电梯仰望，大桥主塔高耸入云，塔上"南浦大桥"四个大字闪闪发亮。桥塔两侧的钢索呈扇形分布，像一根根琴弦，接受着云和风的拨弄。站在桥上远眺，看到黄浦江上船来船往，百舸争流；看到长长的引桥呈螺旋形向上攀升，大桥宛如一条昂首盘旋的巨龙，横卧在黄浦江上；看到浦西密集而陈旧的建筑群，诉说着曾经的繁华和沧桑；看到浦东大片秋收过的农田，心满意足地袒露着，等待来年新一轮的播种。

江风浩荡，吹乱了我们的头发，也吹起了少年人的满腹豪情。一个男同学双手扶着栏杆，忽然大声吟道："潮平两岸阔，风正一帆悬。"逗得我们开心大笑。

站在桥上，看着大桥一手挽起了浦东，一手挽起了浦西，突然觉得两岸间的隔阂消失了。从那天起，我心里对上海这座城市有了认同和亲近，第一次意识到，上海，也是浦东人的上海。

有了桥梁，就有了联结的媒介，有了沟通的渠道。

之后，黄浦江上的大桥越建越多，杨浦大桥、卢浦大桥、徐浦大桥、奉浦大桥依次排开，再加上一条条越江隧道的建造成功，两岸之间的通行越来越便捷，浦东浦西早已连为一体，时至今日，再也无人认为家住浦东低人一等。

三

一九九五年一月，随着儿子的出生，我们结束了居无定所的状态，搬到浦东张杨路居住。那里属于陆家嘴沿江地区，是最先吹响开发开放浦东号角的地方，也是浦东改革开放的春风最先眷顾的地方。

家住浦东，我们零距离感知着浦东新区开发开放初期蓬勃的生命力，目睹浦东的建设者们以胆识和气魄谱写着城市的传奇，欣喜地看着儿子与崭新的浦东新区一起成长。我们在浦东前后居住了十五年。十五年弹指一挥间，儿子从襁褓里的婴儿，长成了翩翩少年，浦东新区从尘土飞扬的大工地，变成洁净优美、高度发达的现代化城区。

一九九五年的浦东，到处是建筑工地，到处是挖开的道路，到处是机器的喧闹。有时到了深夜，还会有打桩的声音从远处传来，划破夜的宁静。

初为人母的我，手忙脚乱地应付着新生的儿子，无暇关心那些轰隆作响、日夜施工的工地到底在建造什么。常常会在不经意间蓦然发现，很多建筑工地，前一天还被临时围墙包得严严实实，第二天突然就拆除了围墙，一幢摆满鲜花的新大楼俏生生地耸立在眼前。浦东的激情，浦东的速度，催促着一幢幢摩天大楼拔地而起，城市面貌日新月异，处处生机勃勃，处处欣欣向荣。没有几年工夫，陆家嘴地区就建起了一个全世界瞩目的国际金融贸易中心，很多世界知名的大财团纷纷来此落户，数以亿万计的财富在此汇集，撬动着浦东开发飞速发展的车轮。

一九九五年七月，儿子六个月大的时候，我带着儿子去看启用不久的东方明珠电视塔。指着那大大小小的圆球，我一遍遍地告诉儿子"这是东方明珠"。儿子瞪着漆黑的大眼睛，似懂非懂地看着这个新奇的建筑，兴奋又好奇。此后，东方明珠作为上海新一代的地标，频繁地出现在报刊上。对东方明珠的辨识成了儿子牙牙学语时的重要科目，每见"明珠"，儿子都会眼睛一亮，小手一指，奶声奶气地念"东方明珠"。

一九九五年十二月，离我家不到一百米的地方，中日合资的上海八佰伴开张营业。开业第一天，八佰伴人山人海，以一百零七万的当日客流量创造了世界纪录。极度的喧嚣过后，八佰伴渐渐安静下来，宽敞明亮的店堂，时尚现代的布置，品质不凡的商品，让逛商场成为有别于以往"买东西"的休闲享受。

儿子那时刚满十一个月，正在蹒跚学步，还不会独立行走，但小小的人儿主意很大，喜欢攥着大人的手指头，拉着大人走到东走到西。去过一次八佰伴后，他就爱上了那个地方，隔三岔五就要指挥着大人带他前去。八佰伴开阔的店堂，光滑如镜的地砖，常常会激发他独立行走的兴致。他会突然甩开大人的手，要自己一个人走，无奈心力充足敌不过脚下无力，加上尚未掌握平衡技巧，常常摇摇晃晃没走几步，就一个趔趄摔倒在地。猝然倒地后，他不哭不闹，只是扁扁小嘴，好像对自己为何摔倒略有些纳闷，然后爬起来继续走。

一九九九年，儿子四岁时，中国大陆第一高楼——金茂大厦在陆家嘴落成，八十八层楼、四百二十米高，这在当时是一个让人瞠目结舌的高度。

金茂大厦这个大陆第一高楼的纪录仅保持了四年，二〇〇三年，就被四百九十二米的环球金融中心大厦夺去了第一。十三年后，二〇一六年三月，大楼的新高度又被总高六百三十二米的上海中心大厦超越。没有最高，只有更高。那些不断刷新的高度，是建设者们面向天空一次次挑战极限创造的奇迹。

这三幢大楼比邻而居，像三个亲密的兄弟，矗立在陆家嘴，成了上海的地标性建筑，吸引着全世界的目光。因其形似注射器、开瓶器和打蛋器，南来北往的游客亲切地把它们称为"厨房三件套"。

新建的大楼一幢比一幢高，城市在长高，儿子也在一年年长高。城里没有山，高楼就是我们的山。登高，征服不了天，但可以与天空对话；望远，无法穷尽最远的远方，但可以看见自己的渺小。我带着儿子一次次登上不断更迭的城市之巅，从高处俯瞰城市，看白云在玻璃窗前悠然飘过，看黄浦江蜿蜒东去，看高楼大厦春笋般林立，看街上行人熙熙攘攘。对岸，古老的外滩在一湾江水的环抱中仪态万方，那是上海的过去。脚下，蓝色的玻璃幕墙映照着阳光，一切都是崭新的，一切都是亮闪闪的，一切都是刚刚开始，一切都充满了希望，这是上海的今天和未来。

在浦东生活的十多年间，浦东发生了翻天覆地的变化，很多大事件都已载入史册，很多建设者也成为彪炳千秋的功臣。家住浦东，能够亲历一段轰轰烈烈的历史，见证一座城市的大发展，并因城市的发展而获益，何其自豪，又何其有幸！

四

二〇一〇年，上海世博会开幕前夕，我离开生活了十五年的浦东，搬到静安区居住。新家离静安寺很近，站在窗前，看得见静安寺金色的寺顶。

有人告诉我，把一张上海地图对折再对折，最中心的这个点，就是静安寺。我没有亲手折地图验证过，但我知道，我从浦东的海边，一路走来，不知不觉，就走到了城市的中心。三十年前这可能还有些励志的意义，时至今日，浦东以她的大发展告诉世人，市中心并不一定优于浦东，不必志得意满，也不必沾沾自喜。

我常常会沿着记忆的轨道，想起家住浦东的岁月，怀念那些尘土飞扬的工地，怀念那个简陋而温暖的小家。

有时，我会跑到外滩，望着对岸的陆家嘴发呆。二〇一四年初夏，我在外滩执勤时，突然眼睛充血，灼痛难当。同事分析说，对岸的大楼都是玻璃幕墙，阳光反射，导致眼睛毛细血管爆裂。只有我自己知道，导致眼疾的病因，还是因为对岸总也让我看不够。看不够的还有黄浦江，四十年前，谁会想得到，经过治理后的黄浦江可以清得照见建筑的倒影。

我也会经常乘坐地铁，从浦西回到浦东，跟父母团聚。

这些年，老家南汇发生了翻天覆地的变化。二〇〇二年，南汇撤县建区。二〇〇九年五月，南汇区被撤销，并入浦东新区。二〇一〇年，老家的房子动迁，我的父母离开祖祖辈辈休养生息的土地，搬迁到原来的区政府所在地惠南镇生活。

刚刚搬到城里时，父母很不适应，老妈千方百计去附近搜寻空地，想方设法种上几株青菜、栽上几把小葱。老爸几乎天天都要乘着公交车回到老家附近，找那些没有动迁的乡邻一起打牌、闲聊。

渐渐地，父母体会到了城市带来的便利，喜欢上了安逸的城市生活，便也安安心心做起了城里人。他们像移植到城里的植物，适应了新的环境，慢慢地扎下根来。闲聊时，老妈对我说："你外公外婆这一辈人，一世劳苦，没有见过外面的世界，没有享过福。我们这一辈，上半辈子做农民辛苦劳碌，下半辈子时来运转，有养老金，有医疗保障，也该知足了。"

二〇一三年底，地铁十六号线正式开通，地铁惠南站距离父母家仅有四百多米。三十多年前，我从海边的老家"到上海去"，需要大半天的时间，如今，只要一个多小时，我就能从城市的中心，到达父母身边，便捷的交通缩短了亲情的距离。

每年春天，桃花盛开的季节，我和妹妹都会开着车，陪老爸老妈回到我们生活过的地方，去踏踏青，看看桃花，看看东海。

老家的房子被拆除后，起初还能看得见原址的痕迹，后来，老房子的痕迹被一点一点抹去。再后来，整个动迁过的村庄经过了土地平整，成了现代化的农业基地。村庄最终踪迹全无，似乎从来没有存在过。

故地重游，看到的只有大片大片的农田，一眼望不到边。我们生活过的土地上，青青的禾苗正在无忧无虑地生长。

老家回不去了，过去的生活已无从寻觅，曾经散落在村庄里的欢声笑语被风越吹越远了。父亲弯腰拔起一棵禾苗，久久不说话，不知道想起了什么。

　　每次回去，父母都神情黯然，颇为失落，但他们的惆怅常常稍纵即逝。毕竟，现在的生活，是他们四十年前想都没有想过的。

　　而且，经过了这四十年的沧桑巨变，他们看见了沧海变良田，乡村变城市，看见了农民成市民，田园成公园，看见了无数的奇迹在身边实现，所以，他们相信，未来还会有无限的可能，未来会越来越好。

肆 心有山海，静而无边

有两种东西，我对它们的思考越是深沉和持久，
它们在我心灵中唤起的惊奇和敬畏就会日新月异，
不断增长，这就是我头上的 星空和心中的道德定律。

楚玛尔河的生命里程

王宗仁 / 文

每次攀上世界屋脊青藏高原，我照例会有一种抵达天空的虚幻感觉，双脚一下子变成翅膀似的。同时也真真切切地生发一种心满意足的自豪。我当然清楚，有多少人像我一样在这个高度上踩碎了白云，可我仍然要炫耀一番：这时候你平视四周，比站在地面仰望，天空似乎更高、更空、更深。是存在的空，是大中的小，唯我真的还是我自己。这时我多么想把自己揉进云里去！我再俯视青藏公路，每一辆行进的汽车都变成了蠕动的黑甲虫。我突然觉得太阳像一枚正在渗油的蛋黄，正穿破云层在吃力地下降，移动。我好紧张，太阳分明与我只隔着一朵云，我伸手就能撕下一片阳光装进衣兜。不知什么时候我乘坐太阳云果然降落在了一座桥上——其实我一直就站在桥上，这里的海拔是高，但是我明白主要还不是脚下的高度，而是精神上的。如果你不是精神上向远方眺望，即使真的到了太空，仍然看不远。

楚玛尔河公路桥，长江源头第一桥。世界上没有任何一条河是重复的，桥也如此。和它近在咫尺的沱沱河桥，被人们誉为江源姊妹桥。楚玛尔河是藏语，意为红水河。"红水"的含义，吉祥如意的佛语。我们有太多的理由相信，从这两条河的浪涛里舀一勺水，会把我们浑身洗涤得比干净还要纯洁。

新世纪之初一个刚刚复苏的春天，我驱车去拉萨途中，特地缩短了跋涉的路程，在楚玛尔河停留三天，解读这座桥。一个时代的到来，都续写出上一个时代的新篇。桥头的斜坡上有一块削磨得光滑平面的石头，上面用红漆刷写着"限速40公里，海拔4460米"。我踩着桥面不硌脚的石子走了几个来回，又钻进桥洞看了又看，既关照它通体的阳光，也察看挤在它石缝间日渐枯萎的不老草。甚至连不经意间长在桥洞里某个角落里一棵不知像石头不是石头、像树根也不像树根，有人称它很可能是从可可西里顶头流来歇脚的过路客，注定不久就会消失，我也不放过。就是对这个"过路客"，我轻轻伸出鼻尖闻了许久，好亲切啊！我在桥上站着，不时总有汽车碾过，车轮下的桥面像一幅油画布，卷起又展开。砌在桥上的石子发出或悦耳或刺心的响声，它们组成的交响曲，化解了我因为缺氧给身体带来脆弱的负担，使我的生命坚固起来。

我的心在清亮的流水里颤抖，轻轻溅落。如果我不能把几十年间我亲历的这桥今天的伟岸与昔日的简杂，展现给未到过青藏高原的朋友，那么就枉跑了上百次世界屋脊。于是，我走上桥头的一座山包，轻声地告诉远方的同志，也告诉太阳：谁拥有楚玛尔河的浪头，谁就是有源头的人！

我有意和桥拉开适当的距离，在桥头找了一个可以通览大桥全景的位置，站静，细瞄。

我的心情异常放松，有一种享受生活的难以言表的舒畅。每个人都有被幸福陶醉的时候，在缺氧的高原也不例外。岸上的草坡刚刚披上茸茸衣裳，瘦了一个冬天的河水也开始变肥，好像躲在太阳里哗啦哗啦的涛声把我浑身冲洗得酥酥的畅爽。河水清亮找不到一点发脾气的模样。河流比秋天冬天干净了许多，河势不紧不慢弓着腰从高处流来，快漫到桥洞时，打了一个回旋后，就像长了翅膀似的飞快穿过桥洞急奔而去。其实，它不管流程多急多远，每朵浪花的根都在桥下面的旋涡里。我双手背在身后，像农民用踏步丈量地亩一样，从桥这头步到桥那头。我观赏大桥的壮美，找寻创作灵感的触发点。我看到草原和群峰朝远处退去，楚玛尔河从中间流来。远处的河在高处不可涉，更远处的山峰挂在唐古拉山不可登！从站在桥上那一刻开始，我就仿佛进入了一个梦幻世界。这座崭新的公路桥在初升的阳光照耀下，更显得宏伟、壮美。平日，不管到了什么地方，我总觉得自己的目光和思维有太多的限度，可是站在楚玛尔河大桥上，我顿觉心欢眼阔。因了这座桥，楚玛尔河更像楚玛尔河了！也因为有了这座桥，我们能看到更远方的远方了！

我踏步估量桥长约200米多，加上两头的引桥，长度几乎增加了三分之一。桥面结实宽坦，并行两台汽车也互不干扰。齐至我腰的护栏像窗棂一样规整透亮。八根水泥灌浇的桥柱，双人合抱也难以并接手指，它们岿然稳定地挺立于激流里。残留在立柱上面流水漫过的沾着草屑的印迹，说明曾经也许就在昨夜激流冲刷过它。大地再倾斜多少度，河流再下滑多么深，这座桥都这样不动声色地站立着！因为那桥墩里面醒着一个修桥架桥士兵的身躯……

楚玛尔河公路桥从1954年通车至今，不含修修补补的"小手术"，有记载的大规模改建扩建共四次，每次工程都镂刻着时代变新的印迹。老的皱纹被蒸蒸而上的朝霞淹没。修桥的战士注定是刷新高原面貌的赶路人，江源的冻雪还凝在眉梢，羌塘的寒风又落满了他们的行囊。生活总是被他们点亮，再点亮，而他们一直在凄风冷雪的深夜苦战。楚玛尔河位居被人们称为"生命禁区"的世界屋脊中心地带，年平均气温零下6摄氏度，空气中的含氧量不足海平面的一半。人空着手走路犹如在平原身负50斤的重量。20世纪80年代中期的一年初夏，修建楚玛尔河公路桥的一支部队，顶风含雪驻扎河边，在桥头一块裸露着冰碴的地上撑起了军用帐篷。凛冽的暴风雪怒吼着卷起砂石像一匹野马，肆无忌惮地从空旷的可可西里迅猛而来，沿着楚玛尔河漫无边际地狂奔而去。白天战士们施工时狂风、野寒来添乱，夜里兵们加班它照样偷袭工地。工地上没有消停的日子。那几顶用粗壮的铆钉锲入冻土地固定着的军用帐篷，虽然一直在狂风里东摇西晃，却并不随风离地。环境恶劣这只是其一。二，部队的施工设备和技术还没有完全摆脱肩扛臂拉的重体力劳动，几台推土机和几十台自卸车，外加铁锹、洋镐、小推车和扁担竹筐什么的，都是官兵们必不可少的"常规武器"："一双手和一条命，自力更生样样行！"

江河源头的暴风雪，千多年来一直那么放肆地暴窜着，千年后也许仍然不会收敛它的蛮横，甚至有时还要陡野三分。不必惧怕。桥梁工地上的火烫炽热准能熔炼它。这是一年中仅有的两个月无霜期，施工的黄金时段，冷月寒星当灯盏。雪花飞舞催人暖。曾记得为了竖起一台钻机架，全连百十号官兵轮番出征。凭体力拼，当然也有智慧巧取。兵们手拉手站在齐腰深的河浪里，围成人墙阻截激流。冰冷的河面落满汗滴，热汗与冰碴相融交汇，河面盛满了暖色。河水以一种新的姿势流淌。高高竖起来的机架，是支撑世界屋脊的擎天柱。兵们的呼吸随着河浪起伏。

恶浪峰上颠，险涡波中埋。

凡是在高原生活过的人，待的时间越久，尤其身负艰辛的任务后，常常有一种爱莫能助的虚虚实实的恍惚感，不知道这一刻活着下一刻还能不能呼吸高原缺氧的空气。生命的真实价值就在于每一刻都力争让它抵达精神的霞光。入伍刚满三年的小裴那天晚上加班浇灌混凝土桥桩前，在他托战友把写给妻子的信次日发往家乡时，绝对是对自己的明天充满小心翼翼地渴求。要不他不会主动请缨去执行最艰巨且危险的浇灌水泥桩任务。无情的铁的事实却是，深夜残酷的奇寒冻得他四肢僵冷失窍，体力实在不支，瞬间就滑落到几十米深的水泥桩里，一个年轻如鲜花怒放的生命就这样凝固在了楚玛尔河的大桥上。让人惊异、痛心的是，七天后他妻子来到工地安顿他的后事时，拿出那封信竟是一封遗书。信上说，他愧对妻子和家人，他知道自己在高原执行施工任务，说不定哪一天就献出了生命。如果真的有这一天，他嘱咐妻子不要保留自己的遗体，就把这封遗书掩埋在楚玛尔河畔。不立墓碑，也不用写碑文，只舀一勺源头活水浇在坟头，让这终年不化的活水坚固他的墓地。妻子和战友按照小裴的遗愿这样做了。小裴虽然没有坟墓，也没有墓碑，但他的坟墓小于死大于生！

我驻足楚玛尔河的那天，心头的情感五味杂陈。我在那根桥柱和掩埋小裴遗书的结着一层冰碴的地上，来来回回地走了不知多少遍，反反复复地想了又想。心情很复杂，但"复杂"二字似乎又很难以真实地反映我的情感。确切地说，我心里只剩下了疼引发来的爱。他还来不及享受爱情的幸福，就把无限的疼痛留给了一个姑娘。舍不下这根被小裴生命灌注的桥柱，我对着桥柱声嘶力竭地连喊三声：小裴，你醒来！醒来吧！

嗓子都挣出血了，却没有任何回应，只听到楚玛尔河的浪涛拍舔桥柱的声音。我终于难以抑制自己对往事的回忆，想起了曾经的那座桥，楚玛尔河上那座最初的"木头笼子"桥，用此来抚慰我疼痛的心……

历史当然不可能倒转，但是把过往和今日相连、对比，任何一个建筑在它从落地初显到后来的几多变迁，命运都是千奇百怪的，其携带的历史信息自然各有千秋。也正是这几多不同，历史才变得那么厚重多彩。这就是我回顾楚玛尔河当初那座"木笼子"的原因。

那是1959年的一个中午，炽白的太阳挂在中天仿佛不散发任何热量。我们的汽车翻过昆仑山驶入可可西里莽原不久，车队停在一条河边。那条河仿佛从天畔奔腾而来，明晃晃的一条飞浪越飞越宽，不可控制的来势。最后流到这座桥前。桥架在一处平缓的地方，水势略有变慢。桥头的崖畔半埋半露着一块毛茸茸的、劈得很不规则的长方形石头，上面写着"楚玛尔河，限速10公里"，字迹有点儿歪斜，"玛"字还少写了"王"字旁，显然是临时应对，太匆忙。乍看那块似乎悬在空中的石头，随时都会掉下来。其实不会，它的根基很深，下面有楚玛尔河的流水牵着。当时青藏公路通车不久，生活正在打扫和清点，可以理解。我清楚地记得那桥的模样，那也算桥吗？浑身上下全姓木：桥栏是木板一块挨一块地钉固起来，桥面是木板和圆木混杂铺就。桥柱呢，是好几根木柱用铁丝捆绑在一起合成的，中间的空心处填满了石子。立柱和立柱之间用或直或斜的木板牵着。暴露在外面的那些不算少的"Π"形铆钉显得力不从心的吃力。奇怪的是，桥面的那一根根圆木或木板并没有钉子固定，都是活动的。汽车从桥上通过时，桥体的各部位都发出很不情愿的吱吱嘎嘎的叫声。好像随时都会连人带车翻到河里。我提心吊胆地坐在驾驶室里想，它难以承受重载，太需要一根拐杖支撑着它了！我们的车队过桥前，每台车都卸掉了车上承载的部分物资，以减轻桥的承受力。过了桥又把卸下的物资装上。

那天我们过楚玛尔河时，有一个难忘的镜头至今留在记忆里：在离桥约百十米的河面上，有一大群藏羚羊正津津有味地扎着头喝水，瞧那美气劲巴不得把整个一条河吸到肚里去。我们的汽车过桥，压得桥吱吧乱叫，也没有惊动它们，只是一边喝水一边不时地仰起脖子望望我们。我特地放慢了车速，分明听见了它们咂着水面那吱儿吱儿甜蜜的声音。随后我们的车队过了桥加速赶路了，长鸣车笛，它们才一齐长嘶狂叫地发出尖刺的声音，许是给我们道别吧！从那次以后，我再也看不到藏羚羊和我们汽车兵和平共处的情景了。

这就是我第一次看到的楚玛尔河。没有给它装饰笑容，也未见到壮丽场景。它似乎没有下跪的姿势，我们也不必仰望。一切原汁原味。唐古拉山和楚玛尔河，是青藏高原上两种不同的高度，因为有了唐古拉山，楚玛尔河才流得更像一条河；也因为有了楚玛尔河，唐古拉山就挺立得更像一座山。两种不同的高度，两种雪域风光！其后，我又多次途经楚玛尔河，尤其在我当驾驶员的那三年里，每年都少不了十次八次走楚玛尔河。每次我都会寻找这座桥留下来的和已经消失或正在消失的生命痕迹。我知道，只有不断地消失，一切美好的才会留下。只有不断地消失，楚玛尔河的生命里程才会像静夜里落在它怀抱里的夜明星一样晶莹，灿亮！

巴黎的韵致

郭保林 / 文

古老的城市自有它的韵致。

每条街巷都盛满岁月的感叹。

走进巴黎像有一种倒卷时间洪流的感觉，看看巴黎额头的皱纹，很深，像塞纳河，像卢瓦尔河，随手触摸一砖一石，就有千年历史的沧桑感、疲惫感。巴黎是一个经典、古老的传奇故事在这里演绎着，像许多故事的开头，很早很早的时候……

一

很早，很早，是什么时候？大概是中国魏晋南北朝时期，巴黎已出现在欧罗巴这片土地上。

现在我正沿着塞纳河，阅读巴黎。

五月的阳光格外明媚、温暖，风吹皱一河流水，浪花轻叩着石砌的岸，如节奏舒缓的轻音乐。塞纳河平阔，流水雍容大度，恣意拐弯，从东南方向进入城市，又向西南流去，在市内划了一道优美的弧线。流水酣畅淋漓。"春来江水绿如蓝"吗？暮春的塞纳河绿中泛蓝，动与静的完美结合，那一河淡青靛蓝，任何美学相形见绌。

巴黎被塞纳河划为左岸和右岸，就像山的阴阳之分。

先说右岸，右岸是塞纳河的壮举。塞纳河的右岸是理性、中庸、坚硬、冷酷，但又是豪华、富丽、高贵的，这里高楼林立，大厦簇拥，尽是金融集团、保险公司、股票交易所、企业老板的办公大楼，还有气派宏大的购物中心。墙壁悬挂的电子屏幕是密密麻麻的阿拉伯数字，简直像走进数字世界。在这里出出进进的人，一脸的淡漠、肃穆，派头十足，毫无表情。但他们说话带有磁性，稳健、简洁，不会拖泥带水；他们衣着考究，领结雅致，连裤线都清晰，皮鞋锃亮。这些人大都喜欢早晨洗澡，用刮胡刀剃须，下巴铁青，衣服洒上男式香水。

他们言谈举止彬彬有礼，潇洒而不张狂，称对方总是用"您"，很少高声说话，即使争论，也是低声低语，意见相左，也就是说："你的意见使我感到遗憾"，"对不起，先生（女士），我们改日再谈"。一种外交辞令般的严谨，而不失风度。

他们是商业巨子、金融大侠、企业老板、银行巨头、股票交易总裁……他们大脑里的亮点是钞票，是变幻的数字。在这里找不到闲适、轻松，更难找到浪漫和诗意。右岸是精细的，就像电子计算机上的数字，不宜涂改。

在这里，一切都是竞争。

二

奥斯曼一次性改造巴黎，几乎再没有大拆大建，大换血，一片高度整齐的灰色楼房，苍老而凝重。

塞纳河左岸则是另一番天地，这里风情迷人，称为艺术之都，一提到左岸，你会想到诗、绘画、雕塑、音乐、歌剧院、电影院、舞厅。塞纳河左岸尽是知识精英人家，几十米宽的大河划出两个世界，左岸是叛逆的，语言是感性的，眼神充满激情，神色是热烈的，性情是放荡不羁的，真实自由的灵魂。这个世界诞生举世闻名的思想家、艺术家、诗人、文学家、雕塑大师、作曲家，他们的名字像星辰般璀璨，闪烁在人类历史的苍穹。

他们大脑里的亮点，是美。

歌德热情赞扬巴黎：

> 巴黎这样的一座城市，一个大国最杰出的人才都聚集在同一个地方……一百多年来，经过莫里哀、伏尔泰、狄德罗等人的努力，已经有了那么多聪明智慧传播在巴黎，简直在世界上找不到可以和它匹敌的地方。

19世纪下半叶，巴黎又出现许多著名作家：维克多·雨果、乔治·桑、巴尔扎克、大仲马、缪塞，诗人鲍狄埃、丹麦童话作家安徒生、德国诗人海涅……文坛星光灿烂，乐坛也是百花盛开，柏辽兹，匈牙利的作曲家李斯特，波兰的钢琴诗人肖邦，德国的乐圣贝多芬也活跃在巴黎音乐厅和歌剧院。

海涅感慨道："谁要是在法国不能得到公众的普通承认，就不能自诩拥有欧洲的声誉。"

如果没有但丁、薄伽丘，没有藐视教会的马丁·路德，没有多疑的笛卡儿，没有处心积虑引导人们做一个有唯一合法主人的卢梭，就没有法国大革命。巴黎，没有奥斯曼就没有巴黎。乔治·欧仁·奥斯曼任塞纳大省省长时，在拿破仑二世支持下，对旧巴黎进行大规模的改造，大拆大迁大建，才有了现在的巴黎。

塞纳河中心浮出一个船形小岛——西岱岛，别看它是弹丸小岛，长不过千米，宽有五百米，它却是巴黎的摇篮。公元前3世纪，一个以渔猎为生的部落——高卢人登上这荒无人烟的河心岛，建立村落，安家生息。

罗马帝国势力扩张到西欧，西岱岛上筑起碉堡，形成街市，变成"城岛"。塞纳河像城壕而未曾受到罗马人的侵占。以后巴黎不断发展，小岛以城为中心，越过塞纳河，同心圆似的一圈一圈向外扩展，那是巴黎的韵致，波纹荡漾，优雅而潇洒。历经几次兴衰，巴黎终于成为大都市。

塞纳河穿过城市，那婀娜的身姿给这座城市带来灵性，也带来温柔，河两岸是高大的法桐，和长丝苒苒的垂柳，云遮雾笼。树下是绿茵茵的草地。夏日里游艇很多，欧洲的夏天并不炎热，阳光明丽、慈祥，空气里氤氲着植物的气息。两岸的树木、房屋、教堂的尖塔，倒映水中，摇曳着，晃动着，像梦一样扑朔迷离，构成印象派画家的素材。即使到了雨季，塞纳河也不浮不躁，节奏舒缓，水韵宁静缥缈地流淌，这很投巴黎这座城市的脾气。

三

阅读巴黎其重要章节，必不可少是凡尔赛宫、卢浮宫、凯旋门、埃菲尔铁塔、蒙马特艺术家中心。

我在欧洲漫游，印象最深刻的一点，处处富饶，这个"富饶"不是钱财，而是大地、草木，土地肥沃，且大片土地休闲着，草木葱茏，任性生长，花开花落两由之。高大的乔木，富有争夺天空的欲望，草叶也肥厚，色相饱满，大片的牧场，大片的树林，看到这美丽富饶的土地，使我感到中国西部的苍凉和悲哀。上帝太不公平，中国虽辽阔广大，却有三分之一的土地属于沙漠戈壁，那是被榨干的土地。城市拥挤，人口爆炸，而欧洲地旷人稀，城市闲雅、恬静，给人一种安逸、舒适、慵倦的感觉。

卢浮宫坐落在巴黎市中心，这是世界艺术宝库，每一件艺术品都价值连城。这座宫殿原是法国国王菲利普二世于1204年修建的城堡，用于存放王室档案和珍贵宝物的地方，后来成为博物馆，其展品不下40万件。卢浮宫的门口有座中国建筑师贝聿铭设计的玻璃金字塔，当他的作品初问世时，举城一片哗然，诽谤、攻击、嘲讽之声不绝于耳。喧嚣和浮躁沉静下来，人们理性地看待这件艺术巨创，又赞不绝口。

这里有世界"三宝"，一是断臂维纳斯雕像，二是一尊胜利女神，三是达·芬奇的名画《蒙娜丽莎》，三个女人独领风骚。

蒙娜丽莎的微笑，是永恒的微笑，迷人的微笑，是神秘的微笑。没有苦乐的表情，是一种超凡脱俗的微笑，同时又像人间的尤物。这微笑像鹅毛一样轻，而它包含的比整个世界还重，世界在她的微笑中变得优美了，和谐了，轻松了。这使我想起中国佛寺里那些菩萨的微笑，菩萨是神，蒙娜丽莎是人。菩萨的微笑深沉，蕴含丰富，蒙娜丽莎的微笑恬淡、怡悦。蒙娜丽莎的微笑，像阳光一样给世界带来明媚，带来纯净和安谧。

至于断臂维纳斯，更富有传奇色彩。1820年间希腊的一个农民刨地时，发掘出维纳斯神像，被文物商人收购。商人将神像从地中海运到黑海，竟然遭到英国派来的船只争夺，双方混战中，维纳斯双臂被砍断。后来看到这神像的档案，维纳斯右臂下垂，手抚衣襟，左臂上伸过头，握着一只苹果，双耳还有耳环，至今还无人将雕像复原。一种残缺的美。残缺的美带有遗憾，带有伤感，一种隐隐的痛，它比完整的美更打动人心。

在巴黎，有一尊雕像，我永远难以忘记，那是罗丹博物馆花园里一尊巴尔扎克雕像，巴尔扎克那雄狮般的头颅，"高昂着，披着睡袍，似乎在展望早晨的朝曦……也许他刚刚完成一部杰作，与这个物欲横流，肮脏丑恶的社会拼杀一场，脸无倦色，眼神兴奋，仿佛他是胜利者：来吧，还要拼一场吗？"粗壮的脖颈支撑着一颗硕大的头颅，鬣毛般的长发，辐射出无限的精力和雄伟的气势……

巴尔扎克曾扬言："拿破仑以其剑未竟之业，我将用笔完成之。"看看这尊雕像，你方知巴尔扎克并非口出狂言，那雄狮的力量，那征服一切、战胜一切的英雄气概，着实令人钦佩！

有趣的是：这尊雕像以拿破仑寝陵为背景，拿破仑的陵寝和巴尔扎克、罗丹两故居在方圆不到一平方公里的空间，这是巴黎的一大奇景。在巴黎，文人的趣闻格外多。封·斯太尔夫人是位天才的作家，曾发表过天才无性别的观点。拿破仑执政期间，她要见拿破仑，门卫阻挡，主人指示，谁也不见。斯太尔夫人对门卫说她是诗人斯太尔夫人。门卫说："真遗憾，他正在沐浴。"夫人说："你告诉拿破仑，这不碍事，天才本无性别。"没办法，拿破仑在浴室会见了封·斯太尔夫人。

四

巴黎咖啡馆是一道壮观美丽的风景线。咖啡源于公元6世纪一位欧洲牧羊人的发现，他的羊只要食用一种野生灌木的果实后即会兴奋，但经过好几个世纪后，人们才开始有意识地采摘并烘焙咖啡。

自17世纪始，巴黎的咖啡馆就漫布开来，犹如重庆的火锅店，成都的茶馆，大大小小咖啡馆，密密麻麻漫布在巴黎大街小巷。这个以浪漫著称于世的国家独特的韵致，即在咖啡馆里，聊天、怀旧、传播消息、讨论问题、研究问题，浪漫和高雅，淡定与闲逸，带有贵族气、书香气、艺术气。咖啡使巴黎精神升华，气血丰盈，使巴黎充满一种朝气和生机。

巴黎咖啡馆多有百年老店，这里留下许多历史文人名人的逸闻趣事。伏尔泰、卢梭、丹东、马拉、魏尔伦、莫奈、凡·高、大仲马、巴尔扎克、海明威……

随便走进哪家咖啡馆，最引人注目的地方钉着一块铭牌：大张旗鼓宣扬某某名人是此馆的常客。巴黎咖啡馆至今还氤氲着一种浓郁的文化气息。有的馆内张贴着这些名人的照片、手迹，甚至还保留他们咖啡桌、咖啡杯具，成为一种文物，这是他们的骄傲和光荣。

塞纳河的左岸成了诗和浪漫的代名词，这里处处充满传奇，雨果等大文豪在这里撰写了他的名著，法国红白蓝三色旗也第一次出现在咖啡馆——是设计者在咖啡馆里设计的。最引人注目的这家咖啡馆还珍藏着一顶拿破仑的黑色军帽。这位皇帝未发迹前，常流连这家咖啡馆。有一次他喝完咖啡，发现所带钞票不够，就摘下头上的黑色军帽抵债。

左岸的故事大多发生在咖啡馆，18世纪的卢梭、伏尔泰、狄德罗，19世纪的雨果、左拉、巴尔扎克，都在咖啡馆度过美妙的岁月；20世纪的加缪、毕加索曾在咖啡馆里创作。咖啡滋养了许多艺术大师。

其实这种现象不光在咖啡馆存在，巴黎的小酒吧也常常出现因付不起酒钱，以物抵债的事，这使我想起唐代大诗人贺知章"金龟换酒"的故事。巴黎有一家酒吧，老板很聪慧，那些未成大名的画家、音乐家、诗人来饮酒，没酒钱就留下一张画即可。毕加索常到蒙特马一家酒吧饮酒，这座小小酒吧名叫"狡兔酒吧"，老板热爱艺术，毕加索付不起酒钱，便留给老板一张画。谁知毕加索成名后，这幅画在纽约拍卖行以四千万美金成交，这简直是一个经典传奇。

巴黎至少有两千多家咖啡馆，其中最著名的有三家：利普、花神、双偶。每座咖啡馆都记录着传奇，这里不仅有饮誉世界的诗人、文学家、画家、音乐家，还有国家元首、内阁部长。巴黎人见怪不怪，没有追星族，无论艺术明星、政府高官，他们出出进进，犹如普通民众一样没有谁追着观看，拍照合影或签字留念。20世纪法国最著名的存在主义哲学家和作家萨特、女友伏娃的爱情就产生在"花神咖啡馆"。他们一生就缠绵在这里。女友伏娃是有名的女权主义者。他们的爱情之花在这里绽放，一种开放性的爱情伴侣，他们各有情人，但又终生不离不弃。萨特的名著《自由之路》即在咖啡馆完成。伏娃的《第二性》成为女人的《圣经》。

他们终生相爱，但未结婚，他们是终生情侣，但各自又有情人，这也是巴黎的韵致。

1921年12月，海明威偕精通法语的新婚妻子来到巴黎，下榻拉丁区勒姆瓦纳主教街74号雅各旅馆，在四层楼一个简陋套间里过着清贫的日子。他经常去一个叫"丁香园"的咖啡馆，他回忆说："冬天里边很暖和，春秋雨季，花园里绿木荫披的露天座位令人十分惬意，沿林荫道搭的帐篷下也有雅座。"他用六周的时间，完成名著《太阳照常升起》。

丁香园至今仍是巴黎精英荟萃的文苑，一些雅座上镶有往日来此消遣的名士纪念牌，自然，这丁香园海明威常用的座位也镶有海明威的铜牌，上书"海明威之椅"。这是丁香园的荣光和自豪。当年海明威痛饮香槟酒，一醉方休，连连惊叹"巴黎是一个节日！"这句话成了巴黎的广告语，闻徕天下，招徕多少游客参观、旅游，参与这盛大的节日。波拿巴街30号的"文士牧场"也是海明威经常光顾之地，里边有块木板，刻着他的名言："'巴黎是一个节日'，谨向美好岁月中的海明威表示敬意。"

海明威对巴黎深怀感情，他说："在巴黎，我们像空气一样自由。"显然，巴黎是他喜爱的城市。海明威晚年——1949年又重返巴黎，在一家小酒吧"哈里酒吧"订了一个座位创作，完成小说《在河那边树下》的初稿。当他名噪天下时，曾发誓不离不弃的妻子被他抛弃了，爱情走到尽头，晚年当他再回巴黎，懊悔不已，往事如烟，"有谁可以回到从前。浮世沧桑与劳顿，都只化在一杯咖啡的苦涩中。"这是他最后一次到巴黎，海明威对巴黎一往情深，他说："一个人只要年轻时在巴黎生活过，尔后无论身处何地，巴黎总历历在目。"

在咖啡馆饮食享受的同时，还可以得到高级的精神享受，在这里会听到贝多芬大师的乐章和施特劳斯、舒伯特、莫扎特的乐曲。欧洲是音乐的海洋，巴黎是音乐之都，是艺术的天堂，也是咖啡之都。咖啡馆为这座城市抹上一道金黄色彩，许多独领风骚的艺术家、文学泰斗、画坛巨匠，都是咖啡馆的常客。他们喝咖啡是满足精神的愉悦，这是一种精神的会餐，这是一种城市文化。和这个城市有血肉联系，是巴黎灵魂的一部分。

五

提起巴黎人们总会念念不忘巴黎圣母院、埃菲尔铁塔、卢浮宫、凯旋门、蓬皮艺术中心，那些固然是巴黎的经典，游览胜地，古老的建筑群会深镌在记忆里。但是人们往往忘记巴黎北部蒙马特艺术家心中的圣地，凡具有一定人文素养的游客都会想到此风雅一番。蒙马特在巴黎地势最高，中央突起一座小山，站在山顶俯视巴黎全景，那简直像海明威所言：巴黎真是一个盛大节日！屋瓦粼粼，烟波荡漾，街衢如织，古拙而浑厚，大气而细腻，一河逶迤，给古城带来动感和灵气。

但蒙马特是19世纪艺术家的荟萃之地，19世纪是巴黎的世纪，文艺复兴光照着文化古城，古城到处散发浓郁的艺术气息。名画家马奈、图卢兹·劳特累克、郁特里罗、凡·高、毕加索和音乐家柏辽兹，都曾居留在蒙马特。他们犹如闲云野鹤，自由自在地创作，使我想起宋代大画家米芾生活在镇江，精心真意地创作"米点山水"。

红磨房便是蒙马特高地最著名的歌剧院。红磨房有种舞蹈名叫康康舞，女演员衣着长裙，但轻盈飘逸，跳起舞来，常露下体春光，巴黎人趋之若鹜。

蒙马特有一座诗墙，上镌刻着中国诗人徐志摩的《起造一座墙》。这道爱墙用世界三百多种语言文字书写"我爱你"三个字，象征着、呼唤着人类追求爱、和平、友谊。用纯洁美好的爱，弥补人与人心灵之间的罅隙。

你我千万不可亵渎那一个字，

别忘了在上帝跟前起的誓。

我不仅要你最柔软的柔情，

蕉衣似的永远裹着我的心；

我还要你的爱有纯钢似的强，

在这流动的生里起造一座墙，

任凭秋风吹尽满园的黄叶，

任凭白蚁蛀烂千年的画壁；

就使有一天霹雳震翻了宇宙——

也震不翻你我"爱墙"内的自由！

蒙马特这片高地也是巴黎精神的高地，无论是享誉世界的，还是默默无闻的艺术家，都在这里吮吸着乳汁成长，并留下他们艺术的印记。

巴黎就是这样有极度包容的博大的襟怀，在这里文化艺术成就了这座古城，古城也成就了文化艺术，两者相辅相成，密不可分，世界上有哪位大师、巨匠、泰斗、巨擘，没有在巴黎留下足迹，文化不朽，文艺复兴的阳光永远照耀着巴黎。

雪葬

一

最干净最寂寞的是冬天的山，万物的梦都沉入冬天的深处。

一连数日，天上都飘着小雪。

天苍地茫，冰山冻水，一派寂静。河流之上，原野之间，只有一只朱鹮（世界珍稀濒危鸟类）在缓慢飞行，翅膀的犁铧翻卷着雪的浪花，在凝固的天空留下一道无痕的伤口。

天黑静了，她还在飞，飞得坚执而悲凉。是不忍心看到孩子饥饿的样子，她想找到一点拯救孩子性命的食物吗？可是，稻田冰封，地冻如铁，哪里会有呢？是体弱的爱侣被严寒夺去了生命，她要陪伴那颗孤独的灵魂，在雪夜里与他相会吗？然而，天堂人间，阴阳两界，哪里去觅影踪？

她在寻找，她在盼望，她在祈祷。没有谁能帮她，也无法帮她，生命就是这样，大孤独和大悲痛只能自己体验和消化。此时，所有的生命都藏身在温暖的一角，做着属于自己的梦；此刻，万能的上帝正以至高无上的巨手，钟摆般永不停歇地刷新着万物的命运。

地上没有一个行人，天上没有一个活物。黑夜像一个镂空的冰球，包容着她悲情的穿越。这样也好，有时同情和怜悯的眼光会如利箭穿心，而真空般的空白倒是最大的安慰。

此时，她使尽最后的力气，用哑语向上帝倾诉——

我从这片雪野卷过的疾风中，能聆听到我骨骼发出的声响，一只传统饥饿的鹰翻腾着，在与看不见的对手搏击，那是我的影子。在那山谷和河流的交汇处，是我留下的暗示和符号，如果一只野兔拼命地奔跑，身后看不见任何追击，那是我的意念，谁让它感到恐怖，这样的时刻，没有一双眼睛觉察到我的在场。从前生到今世，我就和鹰、野兔、牛羊、鱼虾、人类有着千丝万缕的依存，不是在命运拐弯处的某一个岔路，而更像一个猜不透的谜语。当我出现的刹那，你会在死去的记忆中，也许还会在——刚要苏醒的梦境里，真切而恍惚地看见我，是太阳折射的光芒炫目的金币，是岩石上稀世的壁画，是太空坠落的陨石，是千万只鸟儿的飞翔，是亿万朵牡丹的绽放，是银河决堤后的倾泻，是雷电最后的释放，是被梦幻碰碎的某一粒逃窜的晶体，是仙女佩戴上一颗颗通灵的贝壳，是失盗女皇的头饰，在宇宙子宫里的又一次复活。我向你保证，不管发生什么，我永远是上帝你的女儿，天空是我成长的摇篮，九十度地往上冲刺，三百六十度的旋转下降，我有磁性的双翅，可以平衡风雨雷电的突袭，在生与死的边界随时定位。

起风了，大雪袭来。骨骼在撕裂，她还在奋力飞翔！

雪更大了，翅膀在下沉，她还在飞翔！

她眼中一直闪着奇异的亮光；她相信奇迹一定会突然出现。

她终于飞不动了，终于变成一片雪花随风飘去，最后赴向大地怀抱。

黑夜见证了这个过程，白雪收藏了她生命的全部密码。

二

又一只朱鹮死在了冬天的尽头。睁开眼就会看到春天走来的倩影，但却没有睁开。

在黎明前的黑暗中，她清洗着陪伴自己一生的羽毛，可能知道是最后一次了，她洗得特别细心，特别干净。然后，找到一丛厚厚的枯草，静静地睡着，等待死神到来。她的神情很安详，很宁静，不见丝毫痛苦，而且是很幸福慈祥的样子。释迦牟尼的圆寂也该是这样吧！

在她看来，生是偶然死是必然，"天地一逆旅，同悲万古尘"，凡生命皆草木一秋，尺璧非宝，寸阴是金。只有山河岁月亘古不变，寒来暑往，日升月恒，永无穷尽。生命往往越老越畏死，越好越畏死，反之不然。所谓的辉煌大都是年轻时创造的，生死无畏，勇往直前，想好就做，不计其果，不留遗憾。说到底，生死只是一个轮回，长短无异。长度只对自己有意义，对世界忽略不计。人类有一个叫孔子的人一语参透生死——"未知生，焉知死。"他的学生子路请教何为"死"？孔子回答：重生轻死，说易做难。重乃尊重，尊重自己和其他生命，要活明白；轻乃轻淡，不迷惑不纠缠。

在大脑死亡之前，她很快检索了一遍自己的生平：39岁，算是朱鹮家族中少有的寿星了。上帝是多么眷顾自己啊！那么多风雨雷电，那么多生存搏杀，那么多疑难杂症，那么多天灾人祸，自己都幸运逃脱，而身后有多少同伴、好友，包括亲人，都没能走完这么长的路程。这是多大的奇迹！多么的不容易！

那么，还做过什么亏心事吗？

好像没有，真的没有。

唯一的罪过是吃了许多昆虫、鱼虾，可这是上帝的安排，算是身不由己。然而，忏悔是必需的。来世若能转生为食草动物，是最好不过的。

这个瞬间，不要说有仇敌来索命，冤魂来讨债，哪怕是人格上的一点点污斑，都会死得非常难看。

所有生命经历的每个细节都被上帝记录在案，无法涂改、补救或抛弃，必须背进坟墓和来生。倘若还有时间，唯一的出路是，放下所有妄想，包括吃斋念佛，读经祈祷，用对待自己的方式去对待众生和万物。

可以想象，在得到检索结果后，她心里是多么宁静。

此时，挥洒她翅膀的天空一片洁白；记录她行踪的大地一派静谧。此刻，亲人们正在梦乡，不告别，也不回家，免得惊吓他们。

没什么悲哀，不要说天怎么长？地怎么久？海枯了？石烂了？不必用好听的谎言遮蔽真相，没有任何一种生命会比一座山、一条河、一块石头、一株树活得更久，走得更晚。

死神还没赶到。她明白这是上帝的美意，让她说出想说的话——

是的，我有话想说。我一生见识过许多璀璨辉煌的场面，也参透了荣光之后的灭寂。世界上的许多动物，包括人类，都没有我这样幸运。

我想告诉你们——我没有见过地狱的模样，却找到了通往天堂的大门。原谅我！我要把灵魂一分为二，一半永远留在这里——我的种族赖以生息的最后家园。另一半随我去寻找陶渊明梦中的桃花源，我将在千古的宁静里修心悟道，顺便为子孙探测未来的生存空间。

我想告诉你们——像爱我一样爱那些无名的生命，他们都是上帝的儿女，与我们血肉相连的同胞。请把我曾经享有的荣光和尊严分给他们一点，请把他们正在经受的痛苦和恐惧减少一点，并让我在白色的翅膀僵硬之前能够看到。

我想告诉你们——当我从祖先万年的记忆中醒来，神授的力量，将使我成为人类之上动物，以神的名义，审判所有强暴、强权、无耻和丑恶……无一疏漏。

我还想告诉你们——珍惜生命是一句废话，就像珍惜时光是一句大废话一样。生命从来都不由自己掌控，如同时光从来是被动虚度的一样。年轻时不知道生命和时光是什么，知道时一定是身不由己的时候。只有那些悲伤、黑暗、苦难、疾病、灾害、恐怖、无助、绝望的时光无法虚度。幸福是什么？其实，就是远离这些东西，慢慢地虚度平静无奇的一生。

原谅我，不能陪伴我可怜的同胞，见证你们一路之上的悲伤。

感谢你们给了我那么多那么好的祝福！使我获得独秉的高贵气质、价值观念及本色的生活方式，这是我在这个星球上立足的根本，谁也不能替代，不能超越！

最后想委托你们——不要把我的照片放在人类都能看到的地方，我害怕，他们以保护的名义，让我的灵魂沾上肮脏的气味，也增加你们对这个世界的失望。我想该说的就是这些，相信上帝会授予你们荣耀的权柄！

阿门——

对了，在肉体即将死亡之前，还有一件重要事情要做：下载出灵魂所有的数据，包括一生的爱与善、诚与信、仁与义，还有丑与恶、罪与贪、仇与恨，去接受上帝的审判——进天堂或下地狱。这是所有生命唯一也是最后的公正。

三

大雪如瀑，弥天漫地。穿越身体的河流终于凝固，但眼睛依然闪着明亮、坚毅的光。这双眼睛，堪称这个星球上永不干涸的生命之井，它继续储存着雪的能量，酝酿着若干年后春天的风景。

此时，挥洒过自己翅膀的天空一片洁白；记录着自己行踪的大地一派静谧。

此刻，亲人们正在梦乡，不必告别，免得惊吓他们，就这样悄悄地独自走吧！

没什么悲哀，不要说天怎么长？地怎么久？海枯了？石烂了？

不必用好听的谎言遮蔽真相，没有谁会比一座山、一条河、一块石头、一株树活得更久，走得更晚。

只有一点不安，天亮后，关于死亡的消息会被风吹遍世界，遗像会出现在所有荧屏和报刊上。谁让自己是一只珍稀名鸟呢？

一生都在热闹、赞美中度过，尽管并非所愿，但还是出尽风头。许多生命活得平淡清静，死得悄然无声，唯独自己，连死也轰轰烈烈，不得安宁。且不论灵魂是喜欢喧嚣还是宁静，仅只是浪费这么多资源，已是羞愧、汗颜，再让那些势利、轻佻的眼睛，不情愿地围观一具毫无美感的僵尸，更是尴尬难堪，无地自容！这就是名鸟必须付出的代价，索性让时间去耻笑并审判好了。

那么，上帝啊！如果你还在爱我，请在天亮之前，赶快掩埋这多余的肉体吧！

死神来了，不等它用猫头鹰一样的哀鸣念出魔咒，我已冷面如铁地向它飞去。

我用残余的力量穿过一条冰河。回头望一眼河那面的家和亲人，禁不住心生留恋……

好在一句名言拯救了我——从长远来看，万物都已死去！

于是，我不再恋生，心中唯有一种美妙的轻松，飞向敬畏又悲壮的尽头……

我看到河边浮雪的草地，像一张铺着厚厚棉被的大床，不由自主地喃喃自语——这里甚好！似一片最后离开冬天的树叶，飘然落地，静美好诗。

雪，随即席卷而来，她的身体很快被茫茫的白色严实地覆盖，这世界上最干净的遗体，也只有雪来埋葬。不久后她将和雪一起融入生养自己的泥土……

一块石头，一块收藏了她全部信息的石头，鲸鱼般从雪海跃出，那就是上帝赐予她的墓碑吧！

身负几行，只与她简单的一生有关的文字。

时间之上，那些俯身的云朵和贴身的草根，都懂得如何阅读下去……

春回大地时，一株白玉兰将静静绽放！

安静的风暴

周晓枫 / 文

动 因

为什么写作？我不知怎么回答，可为什么不写呢？

写作里有我的乐趣和虚荣，而且是超过预期的虚荣。尽管这种虚荣被严密包裹，连自己都未必看得清。我本性羞涩，骨子里虚荣，所以，生了一口烂牙齿的人畏惧糖——我难以在大庭广众之下接受掌声，那会让我更为羞涩和恐惧。

文字和文字的碰撞，会产生美好的乐音——有如最为宁静的掌声，我听得到。如果文字的物理组合，没有产生化学反应，那种沉闷会让我调整和放弃——我既没有炫耀中的紧张，也没有失落中的尴尬。写作是适宜的安慰，也包括，不会伤及尊严的自我批评。

对我来说，一生什么最重要？我想是安全感，以及在这之上的自尊与自由。既敏感，畏惧伤害；又好奇，热爱冒险……胆怯的我可以躲在率性的文字里，浪迹天涯，胡作非为。写作懵懂，一切，被执笔者的性格所决定。

热情与冷漠，吝啬与慷慨，自私与利他，结合在同一个体之中……这是我。此岸和彼岸的我，天然和人工的我，拘谨和狂野的我，羞涩和无耻的我，泥浆里翻滚和云端上飞翔的我。这是每个写作者的境遇，在文字里遇到自己……那个无能和万能的"我"。

职业写作

专业作家，我想象不出比这更美好的职业，我由此放弃二十多年的编辑生涯。有朋友替我惋惜，想象虚拟中的仕途前景，他们遗憾于我似乎放弃了什么重要的财富。

可对我来说，根本不存在纠结，这不是52比48，而是悬殊的99.52比0.48，能有什么选择困难？还有什么放不下的？有人告诫：不做编辑，就会失去文坛话语权，没人有兴趣再来联络和问候，你会备感冷落。我才不在乎呢。失去一个讨好者的同时，十个讨厌的人也跟着不见了，就像扔出去一个保龄球打倒十个小人一样。多好，清静。

有些作家书法、绘画、摄影、乐器、收藏……样样精通，无所不能。我什么都不会。我的自卑培养了我的专注。就像借助凸透镜聚拢光线，我把所有热爱集中在一起。不要以看似专情实际空洞的眼睛去观察素材，心神足够凝聚，才能使它们释放火焰。专业写作，最重要的是专注写作。

写作是漫无尽头的、倔强而绝望的努力。每当有人自述在写作上高开低走，我就怀疑，写作开始阶段的高，高能高到哪儿去呢？

我相信持续的自我训练。唯此，才能把词语的偶然性，过渡到趋向完美的必然性。

弦不能一直松着，需要拧；但不能拧断，也不能拧到固化……在压制、克制与控制中的走动，才是写作的有力节奏。侠客拿到一本错误的武功秘籍，但他专注投入，练得废寝忘食、走火入魔，乃至血液倒流、内脏错位……最后，竟无往不至，练出另一种周天。即使犯错，专注，也会使你得到意外的回报。

训练敏感，训练精确，训练自己如何去制造一种并非习惯之物。

飞机能够飞行，因为它的流线形状和曲面构造，因为它的燃烧与旋转，因为它严格依据空气力学原理……无论叠加多少个因为，你依然不能适应成吨的钢铁被悬举半空。写作，就是组装材料，以结构的严谨逻辑性，达至艺术效果的奇迹。

温 度

写作时，我一定会喝咖啡。有人喝咖啡是因享乐而沉浸，有人是因成瘾而受束，除了这两个原因，我还出于畏惧。每每开始动笔，我都担忧和害怕，我不相信自己能够从心所欲地独立完成。我需要借助外在的神秘力量，灵感就是皮肤透明的神，咖啡就是皮肤深棕的液体神。冬天必须喝烫口的，热气升腾，电脑上字迹像隔着蜃气轻微抖动的幻境；夏天，我消耗大量星冰乐或冷萃咖啡，它们携带着冰冷的温度和汹涌的热量，进入胃和血液。温度特别重要，凉了的热咖啡和热了的凉咖啡，根本不是咖啡。形容词的温度，一掌定乾坤。

同样，需要精确控制写作的温度。对美德或罪行，即使内心情感炽烈到几近燃烧的程度，我相反让笔调保持一种控制中的冷淡——这样，可以把读者引领到源头，不致因写作者强烈的态度而迷失途中。可以不用哭或笑来表达悲喜，那样温度释放太快，容易丧失后劲。写性，更要控制温度，要写得既惊心动魄又若无其事，既狂热又冷酷。

判断作品好坏，常常用到"情怀"这个词。先得有"情"，那个"怀"，才有栽植成活的土壤。这个"情"，不是抒情中泛滥的"啊啊啊"，而是热爱、好奇、尊重、悲悯，也包括貌似无情的冷漠与绝望……"情"绝非一味暖热，恰恰它应该具有最丰富的温度层次。即使零度叙事，也需要格外的控制，并非尸体那么懒惰，然后炫耀获得所谓的冷静。温度决定烘焙的成色，写作炉火纯青，是在暗示一种关于温度的技艺。

形容词

我们有着奉简约为上的散文传统。起步阶段的习作者常常写得环佩叮当，成熟之后，他们与形容词的一夕之欢迅速瓦解，并耻于承认和回忆。这是修辞上潜在的种族歧视吗？动词站上台阶，名词驻足平地，劣势的形容词位居洼地。

那种昏天黑地、纸醉金迷的过度修饰存在问题，但唯简是尊，未必就是铁律。写意有写意的好，工笔有工笔的妙。有人是写作上省俭的环保主义者，极简主义无可厚非，很好。有人用字铺张，也谈不上罪过——毕竟词和物资不一样，浪费倒是个创造和积累的过程。这个世界，有素食主义者的佛教徒，也有大口吃肉、大碗喝酒的游牧者……不能因为饮食清雅，就肉食者鄙。各自的身体和情感需要不同罢了。还是让天鹅和孔雀都好好活着吧，不用雁过拔毛把自己变成西装鸡。

没有什么词语可以天然被辜负，包括被反复诟病的形容词。有人轻视乃至蔑视形容词的价值，他有他的道理；我为形容词辩护，也有我的原因。形容词是导向精确的条件，是对常规、平庸、简化和粗糙表达的一种纠正。比如月亮，它是公共的，但"温暖的月亮"和"荒凉的月亮"迥异，揭示出词语背后那个仰头的凝望者……所以名词是公共的，而形容词，隶属个体。

上帝命名万物，魔鬼用动词篡改，留给人类的，只剩形容词。我们通过形容词或形容词性质的书写，标记各自独特的属性。

我觉得中英文不同。中文的名词里也隐含着某种形容词性，比如牛肉、鸡肉、鱼肉；英文的beef、chicken、fish，彼此之间没有血缘关系。我们为什么不简易地统称为"肉"？因为必须在形容词性的保障下才指代无误。还有动词。打和拍、掐和拧、扔和摔、摘和拽、推和搡……查阅这些动词的定义，联想这些动词的场面，你会发现暗含其中的，是形容词之别。我们斟酌使用哪个动词更准确，其实，就是在寻找和推敲这些动词里埋藏的形容词。我的英语水平堪称尴尬，有限的初级阅读正好让我形成足够的偏见：英文段落里的动词，作用至关重要，为了走向实证主义和科学精神所需要的精确；中文可以古道西风瘦马，可以老树枯藤昏鸦，这里面没有动词，为了走向模糊，并抵达唯有模糊里才能传达的精确。形容词，其实无所不在。

形容词里有我的狂喜和忧惧，也有我的淡漠……我爱慕它们。一个平凡的形容词或者一个讨厌的副词，嫁给了对的名词或动词，可以成就近乎完美的婚姻。好的修辞也是一种意外而完美的镶嵌，天衣无缝。

大美不雕，对不对？当然对。但形容词的判断标准，是必要性，并非动辄概以修辞之过。李亚伟有句诗："我在一群业余政客中间闻到了楼梯间寂寞的黑眼睛的香气。"哪个形容词应该去掉？一个都不能少。

可以朴素，不能赤贫。可以克制，不能乏力。我怕那种简单到简陋却自以为是简朗的得道者，他们以法西斯的眼神看待每一个犹太形容词。

才 华

写作需要才华。有看得见的才华，有看不见的才华。土地上的庄稼看得见，到了季节就收割；土层下也有别的，得找，找得着矿脉就丰富，找不着，就是一片荒凉的不毛之地。无论是外部题材还是内在才华，都可共享这个比喻。

深藏的矿脉才华不稳定，然而，一旦发现，总比显见的才华更具价值。所以，挖掘题材和才华，无惧于前方矿难般的危险和痛苦，才有可能找到那条难看而价值巨大的矿脉。

有人鼓励过，说我有才华。当然感激。可惜我只是偶尔且短暂地信一下，马上就是内心的否定。看看周围有多少人，写得那么好，那么元气饱满，令我羡慕不已。有人是天赋，我是运气。区别在哪儿？天赋，是每时每刻都不会离开的运气；运气，是盼星星盼月亮盼来了转瞬即逝的天赋。

我伤感，即使我相信了自己有才华又怎么样呢？我既无法放松，又无法炫耀，永远不能为所欲为。像个走钢索的人，在地面上我无法展示天赋，所以平常状态下我没有自信；即使有了钢索，到了写作的高空，全部精力都用于维护个人安危，无暇他顾……所以，我还是不自信。没有志得意满的时候，总是临近绝望。

困　境

创作艺术品，如在心脏上雕镂，想象力和耐受力在博弈。

常遇困境。每当感到力量衰减、体能缺乏，我无法安慰自己说，登上的山峰越高，越要忍受稀薄的氧气——艰难并非预示即将登顶的成功，可能仅是自欺中的错觉；假设我被困枯井，同样会喘不上气，产生濒死中或难受或美妙的幻觉。

感觉以前努力，是在小数点之前的；现在，怎么都是小数点之后的位移，变化甚微。真希望在写作里无所不能。谁有本事梦想成真呢？谁能面对尘俗，样子和心境都澄澈如婴儿，握着自己机器猫那样胖而万能的拳抱？

别无他法，只有写作能解决写作本身存在的问题。障碍和瓶颈，只能通过边写边克服；仅仅靠思考，更像靠回避和停顿来解决问题，事倍功半。是的，我们必须像被钉在十字架上一样钉在写作的椅子上，死在上面，然后复活在上面。

作家是随时自设牢笼以寻求突围的人。写作是与未来的自己博弈，一点点接近绝对可能的那种绝对不可能——你赢不了，才是妙处，在输局里可以精进技艺，并戒骄戒躁。一旦你赢了，那才不幸，意味着你输了自己未来的可能性。

立 场

"奥斯维辛之后，写诗是野蛮的"，这句阿多诺被反复引用的圣典，令人震撼。

但写小说不野蛮吗？写散文不野蛮吗？不写诗，是否就更文明？诗比之其他文体，潜在地多了语言上的修饰性，多了情感上的形容词效果。一个激进的朋友向我引述这句诗，似乎暗指，那时那境，诗人放弃个人技艺，投入体力式的营救才不羞愧。

然而，写诗，在婚礼上写，在葬礼上写；清醒时写，梦境里写；与仇恨相逢时写，与爱情诀别时写；在奥斯维辛之前写，在奥斯维辛之后写，无论如何野蛮……这是否也象征一种无畏、忠诚、牺牲与殉难？任何压力下，让笔尖裸露，一个人能否因为诗歌的脆弱或野蛮而成为圣徒？

何况，"奥斯维辛之后，写诗是野蛮的"，本身就是修辞，它难道不是一句诗吗？

也许只要写，野蛮发生得就没有那么容易。即使是一个人的写作也具有社会意义。

遭受劳改、流放和驱逐出境的索尔仁尼琴，被称为"俄罗斯的良心"，他的笔像脊骨一样从未弯曲："对于一个国家来说，拥有一个讲真话的作家就等于有了另外一个政府。"

在极端年代，一个人极尽妥协和屈服尚不能保证自身安全。捍卫真理？将直接要了他的命。捍卫者像佩戴珠宝只身行走在夜色中，易招致劫掠乃至杀害。然而，孤往绝诣的独行者，是撕裂黑暗的一道闪电——短暂而强烈的光明，令人陷入失明般的恐慌，也使罪恶之手暴露发白的骨节。

以单薄个体，对抗机械般的制度，身怀螳臂当车的勇气……不要像嘲笑堂·吉诃德一样，不，他是真正的勇气，知而后行、起而论道。洪流席卷，从集体到少数，从少数到个人——这是残酷的筛选过程，想要不改其志地活下来，相当于要在搅拌机里维持完整。珍贵的幸存者远比庸者坚硬。高贵的心未曾堕落，因为它不等待谁的拯救，它拒绝恩典里所包含的隐约权力。哪怕他的写作就是通过一支笔，通过这把掘进的锄头挖开自己黑暗中的坟墓，他也不停顿，他因这种致命的劳动而增长肌肉、骨骼和体魄。

海象鱼体型很大，又名巨骨舌鱼，它的舌头上真的有硬骨头。这是写作者的理想，成为大字的作家，应该在舌头上生出硬骨和反骨。

内 力

"修辞立其诚",我喜欢其中的内力,并把它作为自己一生的写作原则。我以为自己会始终勇敢,像个黑天使,善于对事物做出果断的形容,并无畏于后果。鱼能够承受海里的盐,真正的作家能够承受写作里的困境,这甚至是游动在文字之间必需的压力。不过二十年,我已不敢再对命运轻许诺言,这既是我的成熟,也是我的怯懦。

板凳坐得十年冷,说的是耐心,已鲜有人能做到;若是老虎凳坐得十年,恐怕谁也说不出什么内敛的漂亮话了。且不谈社会性责任,仅仅是承受自身的重力,已让人犹豫和恐慌。如何贯彻写作的诚实,如何在逐渐沦陷的危机中自救?

想起在旅游景区,游客喜欢在岩石下面的缝隙里,摆上许多小小的树枝,这叫作撑腰木。据说撑上以后,自己的腰就不疼了。幼木棍承受得住巨石的重压——希望里怎能诞生这样的奇迹?这可笑的寄托,这天真的悲剧。

但在爬满苔藓的岩石下,我看到,一根截断的树枝魔术般生出一片嘴唇大小的绿叶。被野蛮砍下之后,它决定野蛮地生长。

写作者能够拥有植物的智慧吗?当我们不能像动物,自由地奔跑与捕杀,不能撕开猎物的血喉;当我们不能移动,被钉死在贫瘠的原地,却不能避开捕食自己的嘴和牙……我们依然可以保留蓄意的气味和毒素。即使我们像罪犯被拴上不能移动的脚镣,也能学习以奇迹般的化学魔法维生:把阳光转化为食物。

阅 读

在所有休闲方式中，读书最累，在静态中耗费脑力、情感和体能。可它最有意思，我们得以进入万花筒的魔法世界。

看书时，唯一的活动就是挪移视线。人的视网膜可以看作是一个传感器，越往边缘去，传感效果越差。只有通过最中间一个叫作中央窝的地方，我们才能以视觉分辨。这个中央窝很小，只能容下八个字母。所以在阅读时，我们其实是从一个针孔似的小洞里窥探世界……管中窥豹，仅见一斑。连续窥探，才能目睹豹纹锦簇，身形斑斓。每一个文字都是秘密的孔隙，让我们得以突破闭锁，看到众生和天下。精神上有轻微自闭倾向的人，阅读，是他对外部世界谨慎的眺望和试探。

我喜欢临睡前的阅读。读到什么，易在墨色夜中得到拓印。我的梦、我半夜醒来的瞬间、我清晨起床后持续的恍惚里，都荡漾着一些词语、诗句和句段……是残片。但一张剪纸比一张白纸更有创造性。

我平时阅读不规律，出差或旅游，倒是效率最高的时候。大概因为那种状态下，时间的压迫感和流逝感都变得特别具体，形成有效的催促。出门在外，没有带够足够的书，比没有带够足够的钱更丧失安全感。总有一两本书带在身上，哪怕来不及看，平添负担；但这额外的重量，恰如灵魂的镇纸，让人内心踏实。

我买书的速度远远大于阅读，以平息缺少阅读的焦虑。不过，也有人买书：满墙、精装、全套，他的目的，可能不是为了阅读，而是怕别人发现他不阅读。对许多人来说，思考是负担而非快乐。啊，若有所思——他们只是要呈现这个姿态。若你追问，所思为何？什么也没有，里面是空的。他们摆出"若"的造型就够了。对他们来说，形式比内容重要，思比所思重要——买书只是日常生活里唯一能实现的行为艺术。

读 者

我每隔几年出一本散文集。喜悦同时有点内疚，责任编辑为难了，几千册印数需要几年才能耗尽库存。滞销是我的命运，属于他人的加印奇迹，我从来没有体会过。

"市场不景气。人们只看手机，纸书的江湖地位被撼动。谁会关心巴尔扎克怎么说？人们只关心扎克伯格。"类似的解释不成立，是虚假安慰。我也无法以严肃文学为借口，因为很多有品质的写作者风生水起。

从事出版的朋友，批评我缺乏宣传上的配合。属实。我对宣传的态度，目前停留在排斥和痛恨之间。我慌慌张张，缺乏对作品集的停顿和总结，只顾跌跌撞撞向前跑。我看似心无旁骛，看似缺乏经营功名的乐趣，其实绝非如此。我只是胆怯心虚，无法在观众前卖弄自己的知识或品德。我习惯躲在舒适的黑暗里，怕聚光灯，我是探照灯扫过来也想转身的那种人。更重要的，是我缺乏余力。如果有时间和精力，我为什么不继续写，或者舒舒服服地看本书呢？我对新人恐惧，对旧人怀恋；对事物的态度相反，好奇新物，厌倦旧物。我几乎没有第二遍读的书目，甚至少有耐心摘抄激赏的精彩句子，哪有心思反刍自己的文章？写的时候缠绵不已，印出来就恩断情绝。编辑认为，我由此错过推广自己的某个重要机会。然而，机会未必会在迎接或等待之后必然来临；并且，即使这个所谓的机会如约而至，我想起之前为此殉葬的时光，就觉得，它无论怎么重要都是不值得的。

竞争激烈的出版环境下，有些图书自说自话、自生自灭。即使如此，我认命。之所以不痛改前非，是我觉得自己的性格和风格根本不适合营销。即使我偶尔听从发行安排，一路摇唇鼓舌，我看销量未必能有起色。

好吧，耕植文字，我要它们在我内心成活，不急于嫁接到读者那里。其实没有观众也有益处——至少，写作者可以作为一个人，而不是一个演员，去爱或恨。写作，永远是孤军奋战，是一己之勇。还是尊重内心吧，无论是被褒还是被贬，被关注还是被冷落，被喝彩还是被呵斥，不改其志。

何况读者助阵的呐喊，不能进入创作环境，那会相当于噪音。对于写作者来说，环境的安静和内心的安静非常重要，有助于他专心地追踪题材。我想，成功猎杀的前提，除了需要锋利的牙和凶暴的指爪，还有个重要因素就是安静。一个能安静的大动物，才能生杀予夺。

我一直喜欢宁静的事物，因此迷恋写作。一个书写故事的人，他所制造的惊心动魄比秒针走动的声音还轻，这太美妙了。我以前必须在真空般的寂静里写，后来改变习惯，边听音乐边写。奇怪，音乐没有加重声音的存在，反而，加重了安静。

……你可以成为音乐的听众。音乐也可以成为你的读者。

专业批评

我对评论的态度比较模糊，说不出是欢迎、淡漠还是反感。

有的批评无论下了多么重的猛毒，我都口服心服，只要蛇打七寸。无论下毒者是资深批评家还是网络闪客，无论与我关系亲近还是不睦。针对作品，不看脸色和眼色，我觉得专业批评就是一叶障目、六亲不认。好的评论家，应该与写作者同道，或者背道而驰……真正称得上敌人或导师，可以同样赢得保持距离的尊重。他们拥有凛冽的独立性。

我不喜欢看具备专业水准的批评家勉强自己扮演表扬家，像失效的暖水袋坚持散热。刻薄地说，这样的囊袋，不比酒囊饭袋强到哪儿去。一个从事专业批评的人，不储存贬义词，不具备挑毛病的眼光……像手指已经发颤的外科医生其实不适合做手术了。人际关系代替专业批评，这样的批评家，更像是照顾巨婴的雇佣保姆，最重要的工作，是随时处理后者的眼泪和屎尿。

批评家并非天然享有指点迷津的特权，他们需要在作品中学习，与写作者一起获得成长。绝非远隔或寄生。不好的评论，未曾触及作品的皮毛；不好的评论，会成为作品血肉里坦然的附属——像六指，像多余的肿块，甚至影响作品自身的天然性，使其健康受累。有的批评家，无论有着怎样的资格证书和多久的从业经历，我依然觉得他们是门外的徘徊者。他们想用一种理念的缰绳，套牢所有作品。比如有的业余批评家，支撑生涯，靠的是对苦难生活的崇拜。这样不令人信服的批评家，能奈我何？无论多么蓄意、敌意、恶意的攻击，我都不怕。他们以为的枪林弹雨，对我来说，不过节日里的鞭炮，噼里啪啦，助个兴而已。缺乏他们的批评，何憾之有？没有干扰，我可以扮演自己的批评者，扮演给自己施行手术的人。

远 方

到达远方的时候，我们也许什么都没有收获，反而途中遗失太多；也许没有遗失，我们就根本无法抵达远方。有人写，是因为他想知道自己什么时候就写不了了，就像人活一辈子，是想知道自己什么时候死一样。以写作为信仰的人，容易沦为殉道者，不过一笔一画，他也为自己的灵魂搭建天梯。

我对远方缺乏想象，写作之路本身足够回报我。过程九十九米，终点一米……如果可能，我愿永远都是过程。初心不改，写作始终是寂暗中的安慰，每一个写下的笔画，都是卖火柴的小女孩擦出的光痕。

每个人一生所走的道路，相当于绕地球两周半；如果体内血管相连，我们也是抵达这样的长度。你的心要指挥你的笔，你的笔所传达出来的，重新抵达你的心——这个三角形，要完成连续而流畅的循环，所写的东西才是有效的。从身到心，写作是孤独漫游，是走到极境，又倦鸟归巢。我们可能是因丰富而宽广，也可能是丧失纯粹而污驳。在这条路上，我们将看到自己的虚荣、软弱和恐惧……看清自己的能力，同时就会看清自己的无望，最后看清，无所畏惧也无所顾忌的悲伤。

一笔一画。一个字，一个句子，一个段落，一个篇章……使自己的写作无限靠近自己绝望的期待。最美的前方，从来不是琼林宴或金銮殿，而是星宿满天的虚空。唯写作里，有我们的河流、星空和万神殿……

血脉之河的上游

李登建 / 文

1

在我试图破译家族的生命密码，悉数祖父、父亲、哥哥从事的职业的时候，那两个黑乎乎的家伙又浮现在眼前。又笨又丑，像两只大螃蟹，霸占了小小东屋的一大块地盘。这两个讨厌的黑家伙是什么呢？

少时我羸弱而孤独，胡同里没有同龄的孩子，到别的胡同去玩又常挨欺负，母亲在正屋忙她手里的活儿，无暇管我，我便自己钻进东屋，再掩上门。不知道为什么，东屋里幽暗的光线是那么契合我的心情——至今我还喜欢这种色调——我能在那里一待一个上午。屋子北面一间摆着几个盛粮食的大缸，缸后面不时有老鼠打闹，发出尖叫。我胆怯地摸着缸沿窥视，警觉的它们却仓皇逃窜。南面一间就是这两个黑乎乎的家伙了，横横斜斜躺在地上，很惬意的样子。起初它们并不惹我反感，我歪着脑袋从它们的圆形大口往里瞅，黑洞洞，那深处的黑一次次诱惑着我。但后来我想开辟一块场地，弄来木头制作小手枪、冲锋枪，削陀螺，做一些不为人知的私密事情——我有了独立意识，要找一个属于自己的空间——这里是我最好的选择，它们就碍手脚了。"这是啥，不能把它们扔掉？"我问父亲。"你爷爷给我的，说不定还有用哩……"父亲丢下这么一句，急急忙忙奔田野去了。我只好费尽力气把它们竖起来，移到墙根，并狠狠地踹了两脚，但我的小脚却被它们硬邦邦的壳弹了回来。

哦，它们不就是祖父的油篓吗？

一个黑大汉，两只大油篓，外加一支民间小调随着汉子的脚步忽高忽低。这个默契的组合持续了十多年——新中国成立前祖父是个卖油郎。

那时祖父正当壮年，个头高大，肩膀宽阔，脚底生风，如果在好路上，挑着二百来斤油，他能让担子扇起来，一前一后两只笨重的油篓变成了宽大的翅膀，引得路旁干活的人朝这边看。这，我听上过抗美援朝前线的石爷描述过，石爷说这些时不停地啧啧咂嘴，我则听得入迷，心驰神往。作为一个挑夫，祖父是好样的，但作为卖油郎，祖父却有天生的短板：他太要脸面，认为当小商贩丢人。第一回串乡，他练叫卖，一路对着杏花河两岸的树丛练，对着青龙山的大青石练，很熟练了，可是到了人家村里，舌头却像一块石头搁在嘴里，怎么也喊不出声。这样悄无声息地在街头站着，又溜到巷尾，做贼似的。尤其怕小媳妇们来买他的油，他平时见了俊女人都脸红。祖父此时的难堪我是能体会到的，读小学时每次上课我都羞于从讲桌前走；如今已年近花甲，也算见过一些大场面，还常常有模有样地坐在主席台上，但要让我独自从一个会场穿过，我还是感觉众目之下如有乱箭射来。这好像是老李家血液里的东西。

祖父从北乡解家起上油，到南山里去卖。南山里不种油料作物，没有油坊，吃油都是卖油郎送上门。解家距南山山口十几里，这段路祖父并不打怵，怵的是进了山，上坡下坡，一个崖头接一个崖头。大油篓开始捣蛋了，前后摆动，拉扯得你腰挺不直，身子拧着，一步迈不出半拃。好不容易找到一块平地，祖父放下担子，活动活动脚腕儿，然后敞开嗓门："卖油了——"——这个黑大汉早就不腼腆了——他的声音很高，像一声牛哞，据说他在村这头喊，村那头都听得见。以我的经历，不好理解祖父怎么像换了一个人，这不是祖父的性格。只能这样想，都是给逼的，家里穷得叮当响，老婆孩子在家张着嘴等着，脸面值多少钱？但可惜了这么响亮的叫卖声，这村子里的人听而不闻，任你吆喝，就是不出来买油。那年月农家都吃油少，一小陶罐油一家人能吃半年。

是南山里地势高、离太阳近的缘故吗？祖父在山旮旯里转来转去，本来就黑的脸酷似那两只油篓的表皮了，衣服上也沾满了油，成了一个真正的卖油郎。而至于手艺能不能比上欧阳修笔下那个通过铜钱孔把油倒进葫芦都沾不湿铜钱的卖油翁，我丝毫都不怀疑。祖父晚年我懂点事了，对他的生活习性有些注意，有一次，父亲从集上买回一小兜咸鸭蛋，我给祖父送去两个。祖父馋这一口。自从叔叔患精神病，家境每况愈下（祖父和叔叔在一个家里过），碗里很少见荤腥。祖父把鸭蛋拿在手里，把玩一会儿，轻轻磕开，掏一个小孔，用筷子戳一下放在嘴里咂。这是他的吃法，这样吃，一个鸭蛋四五天还没吃完！家里病死了一只鸡，吃了病鸡肉会致病，母亲把它埋在院子西墙根枣树下。可祖父知道了，他不在乎这个，又扒出来放在锅里煮，结果祖父真的就大病一场，他却不后悔……

以祖父这样的习性，他怎么肯让油滴到外面，哪怕是一滴！

2

那时候，祖父肯定怀揣着一个梦，成为叫人羡慕的小地主。这个梦就像天边的月亮一样遥远，但我相信祖父是有这个野心的。我的祖父少言寡语，但他绝不是那种老实、愚鲁的人。年轻时的他挺拔得好像村东李家茔的那棵黑松，两道粗黑的眉，目光明亮而深沉，有几分英气，我能想象出祖父的心高气傲，他怎么甘心活得不如人？小村庄里个个都像五月田野里争相秀穗的麦子，为了出人头地，苦苦寻找着发家的门路，祖父不会没有干大事的冲动和谋划，可能是家底薄限制了他，选择贩油这一与他的性格极不协调的营生纯属不得已，贩油本钱小，不存在风险。卖一天油大约可赚一斗高粱米，家里人填饱肚子后有了剩余，祖父一点一点地把钱攒起来，置地用。

慢慢尝到甜头的祖父一心想把他儿子、我的父亲也培养成一个卖油郎。父亲十三四岁，刚刚读小学四年级（那时穷人都上学晚），就被祖父从课堂里拽出来，不情愿也不行，强迫你干。先是跟着他卖瓜果、柿饼，好像是他的跟脚的。到父亲能够自己上路的时候，祖父有了腿疾，不能再串乡，这副担子就交给了父亲。然而，出乎祖父意料的是，没过多久，村里成立互助组，乡亲们推选小小年纪的父亲当组长。父亲心实得很，一是新时代的热浪鼓荡着他的脉管，二是怕有负重望，他没白没黑地在组里忙活。油篓便搁在东屋里，被厚厚的尘土封住了。

油篓成为祖父留在我们家的一份"遗产"。

祖父还有一件被认为是"传家宝"的东西，那不过是一副石头镜子，但那是曾祖父传给祖父的。曾祖父是个私塾先生，据说存有很多书，到我们这一代，那些书却散失了，石头镜子是这个家族唯一一件可珍藏的物件。祖父弥留之际把哥哥叫到身边，叮嘱保存好它。"传家宝"只传长孙，哥哥一度对这件"宝物"爱不释手。石头镜子有治眼病的功效，村里某人患了眼病，借去戴，哥哥很是舍不得，小心地攥着，人家接住了还不松手，"可别摔了，可别摔了"，啰唆半天，好像那是一枚夜明珠。但是后来我发现，这副石头镜子缺了一条腿，被搁在抽屉里，和用坏的手电筒、打火机、剪指刀等杂物混在一起，往昔的神采荡然无存。

我没有资格接受祖父的"传家宝"，好多年对那副石头镜子垂涎三尺。可是祖父的体貌特征却复制到了我身上。祖父眉粗黑，我的眉也粗黑，祖父唇厚我也唇厚，祖父背上有一颗红痣，就会从我背上或者肩膀上找到差不多的一颗。前些年我走路还不歪身子，可过了五十岁，竟也像祖父那样一肩高一肩低了。

生命真是神秘莫测，走不出祖父的影子，叫我心生恐惧。

祖父患"梦游症"，这是村人嚼得稀烂的一个谈资，人们背着我们家人谈论祖父梦游，好像在说一头驴被蒙住眼、在野外瞎撞，叽叽喳喳，又爆出哄然大笑。村人把笑话人，戏耍弱者当成一种娱乐。我高大的祖父、我拿破仑似的祖父——那时候祖父在我心目中就像拿破仑，其实我也不清楚拿破仑是个多么伟大的人物，我只见过他的画像，画像上的拿破仑目光如鹰隼，我祖父两只深深凹进去的眼睛就是那样；老师还讲拿破仑有一双铁臂，我祖父的肩膀能把陷在泥水里的大车扛起来，那不就是铁臂吗？石爷也说过拿破仑脾气暴躁，我祖父在家里怒吼的时候简直是一头雄狮。现在我心目中的拿破仑却成了最卑微的人，我感到无比的耻辱。我是隐隐约约听到的，那些龇着大黄牙的嘴巴、那些搅拌机一样的长舌，却在我眼前挥之不去。心上更是盘旋着一条蛇一样的阴影，老害怕自己也梦游，睡前告诫自己千万规矩点，重要的外出活动，住在宾馆，有过用绳子把四肢绑在床上的念头。

但是，"梦游症"还是在我身上出现了：深夜三四点钟，我"定时"醒来，再睡不着，脑子里又缠绕着正在写作的一篇文章中的句子。如果躺在床上，它们会越缠越紧，我索性下床，打开客厅里的灯，一幅幅地欣赏字画，换换脑筋。我客厅、书房里挂着二十多幅名人字画，看一遍得半个多小时。看完，平静下来了，回去躺下，很快又进入梦乡，有时还能接着原来的梦做下去。

我由此可以想见祖父的"梦游"——鸡刚叫两遍，因为叔叔拖累如风雨中一只破船的这个家，愁得身为艄公的祖父一觉醒来无法入睡。土炕像一盘热鏊子，他在上面翻饼。忽然想起傍晚收工路上看到的那摊牛粪——不是忽然想起，是一个晚上都惦记着——披上衣服，背着粪筐出门，拱开夜幕的一角。这几千年的夜，它的黑一成没减，浓浓的墨汁泼洒开，路坑坑洼洼，祖父深一脚浅一脚，险些绊倒。可能是路过村头的时候，住在湾边的王邪子恰好起来小解，王邪子看见一个黑影就喊了两声。祖父是迷迷糊糊没听见，还是老想着那冒着热气的牛粪，总之没搭腔。祖父找到牛粪，铲进筐，背回家，上床又睡了一觉才明天。第二天王邪子问祖父夜里做啥去了，祖父琢磨到哪里弄钱给叔叔治病的心思正集中在一个点上，被问得张口结舌，于是"新闻"便从王邪子这里向外扩散了……

我多么想为祖父辩解，洗刷耻辱啊，可是我的辩解有用吗？祖父成了村里的"底子户"，成了一个弱者，一个任人嘲弄的人，他的"梦游"才被人们当作笑料，好事的乡亲是专门向这类人开刀的。如果有人知道了我的"梦游"，说不定会把它渲染成一种雅习呢……

3

要说祖父留在我生命里最深的印记，还得说是我的名字。

在我们家族，祖父以他至高无上的权威给他的两个孙子起名，他像一位打制金银首饰的巧匠，精心地在我哥的名字里嵌进"勤"这颗绿宝石之后，又在我的名字里装上了"俭"字的翡翠。

大字不识一马车的祖父绝不会知道诸葛亮的"静以修身，俭以养德"什么含义，他也不懂老子的"俭故能广"，他的"俭"不过是一个咸鸭蛋吃四五天。祖父兄弟四人，四条大汉，四只饿虎，足以把一个穷家吃漏了底。那个晃着脑袋、拖着长腔诵诗书的私塾先生，喊破嗓子挣来的米面养活不了他们，便早早给他们分开家，各顾各。兄弟中祖父最小，也顶起一片天。他十六七岁就出去当长工，在村西头于家铡草六年，在村东头孙家赶大车四年，后又"流落"到街心王家。他勤快，打水、喂牛、扫院子，干完这些天还不亮，别人刚上坡，他已锄过一遭地了。东家心里有数，每天都额外赏给他一块黑面饼子，祖父把这块黑面饼子悄悄盖在衣衫下，收工时拿回家，奶奶便有了口粮。大热黄天，青纱帐里的活要人命，祖父膀粗腰圆，胳膊上凸起块块肉疙瘩，锄把在手中像魔术师挥舞的魔杖，锄头翩翩飞舞。可是日头才三竿子高，锄头发沉，两臂发僵，腿也拖不动，肚子咕咕叫起来。祖父无力地到树底下躺一躺，那块黑面饼子就在一旁，伸手可及，但祖父把头扭向别处。

祖父是这样"抠牙缝"过日子、攒钱买了这副油挑子的。自古"卖席的睡凉炕，卖盐的喝淡汤"，祖父也不例外，一桶一桶黄澄澄的油从祖父手里流过，自己的饭菜里却不舍得放，做菜从来不炒，都是清水煮，然后拿小铁勺蜻蜓点水似的蘸一蘸油，在锅里画个圈，油花漂在水上，满锅都是，吃着那么香！这个过法还能不发家吗？没几年，兄弟分家时两手空空的祖父，居然置了八官亩薄地！

"勤俭"二字是祖父的哲学，以他的哲学为依据，祖父为我们规定好了人生之路。

大凡有遗传就有变异，有继承就有叛逆。我怎么也不能领会祖父哲学的深意，从读初中就听着这个名字别扭，到高中阶段我悄悄鼓起勇气向祖父的权威挑战，私自重新起了个名，但却只能当笔名用。来到大城市上学，见识了城里人的阔绰和酒绿灯红，更加感觉原来的名字土气、寒酸，就像披着一件破衣烂衫，夹在服饰华贵的人群里，它下面的我瑟瑟缩缩，自惭形秽。我恨黑大汉祖父把他的意志强加给我，终于不能忍受，找到公安机关把名字彻底改掉了——拿到新身份证的一刻，浑身轻松，仿佛卸掉一块压在身上的巨石，这时候我好像成了一个全新的人！

哥哥青年时代也曾自己改过名，他用"芹"字取代"勤"。"芹"一般是女子名字里用的字，作为血性男儿的哥哥宁肯用它，这说明了什么？但是后来哥哥却又改了回去，且再没变过。一个人的名字和他的命运是否有某种对应关系？我说不清。哥哥的大半生却确实是"勤"字的生动注解。哥哥初中毕业正值"文化大革命"爆发，招生工作中断，参加了升学考试的哥哥没有如期收到入学通知，父亲送他到五十里以外的坡庄油棉厂干临时工，扛棉包，偌大的棉包驮在背上，他小白杨似的躯干弯作九十度直角，扛一天下来，累得趴在床上挪不动身子。苦力换来的是四十元的月资，这些钱使我们干瘪的家得到滋润。这样过了三个月，邹平一中的录取通知书却鸟儿样翩翩飞来了，村里只有哥哥一人考取，是穷怕了太稀罕钱还是觉着读书无用（大喇叭里正批"读书做官论"）？父亲竟把哥哥的通知书锁进了抽屉！

才华横溢的哥哥胸壁被远大的理想顶得阵阵作痛，他多么渴望读书，他嗜书如命，书不离手，吃饭眼睛都盯在书上，连同一字一句吞下去。自然才思敏捷，出口成章，同学、老师都喊他"大才子"。"大才子"干完临时工回到家乡，"嗅"出了压在抽屉底的秘密，号啕大哭。继而，他瞪圆两只血红的眼睛，像扫荡的日本鬼子一样，在院子、屋里乱窜、寻衅，但结局已无法改变。父亲自知理亏，托人求佛，又在公社给哥哥找过两份工作，可是也怪，哥哥去哪座庙哪座庙倒塌，那两个单位先后撤销。越两载，兴开推荐上大学，候选名单上有我根正苗红、在广阔天地滚了一身泥巴的哥哥。全公社选拔五名，多轮筛选，哥哥被终止在第六名上，而最终淘汰他的理由就是他缺高中文凭那张纸！

被祖父赐予的名字笼罩，青年李登勤绝望地跑到大东洼，发疯一般，呼哧呼哧抡铁锨，把满腔的痛苦、悲愤倾泻到田垄里。田垄长得看不到尽头，瘫倒的哥哥仰天长啸，声声凄厉如猿鸣。

哥哥重复了祖父的命运，出脱为一个像祖父一样又勤劳又会过日子的庄稼汉，脸朝黄土背朝天，累死累活讨生活。"开放搞活"后，他又像当年祖父一样做起了小买卖，走街串巷卖暖瓶。不过在我看来，哥哥和祖父还是不一样，不仅是他没有用祖父留下的那两只大油篓，卖的东西不同，就本质意义上也有区别。哥哥晚年轻松多了，他的三个孩子都吃"皇粮"，孩子们都很孝顺，按时往回捎钱、捎东西，他喝上了瓷罐子装的茶叶，小北屋里摞着一箱箱好酒。理想由儿女们代他实现，对他也算是一种补偿，顶得胸壁疼痛的"硬块"变软、消失。他依然串乡，只是"权当散散心，活动活动"，而不是像祖父那样为了生存。我觉得，哥哥是过上了好日子，可是在与命运搏斗的疆场上，他却是退却了，而祖父是拼杀到最后的。

4

祖父没留下一张照片——有一年一个照相师傅来到我们村，在中温大爷家的大门过道里支起相机架，街前街后男女老少都跑来，老人们瞅来瞅去看"变戏法儿"，姑娘们则抢着坐在相机对面的板凳上摆弄姿态。父亲也想照张"全家福"，可是却怎么也请不来祖父，祖父的借口是那蒙着黑布的照相机是妖魔，"咔"的一下，能把你的魂抓去，实际上他是不舍得花那两毛钱——我现在已想象不出祖父的模样，在我的头脑里，祖父模糊的面影好像是一团灰。父母一结婚就被祖父"赶"出来，他和我叔叔一块生活，我们成了两个家。他收工回来托着叔叔的儿子、我的堂弟在大门口玩耍，我记忆中他从没有对我这样亲过，这造成了我们祖孙的疏远。对祖父知之甚少，回溯的路上几乎无迹可求，我的灵魂难得与祖父的灵魂碰撞，无疑是我"寻根"的障碍。

但是我血脉之河的上游在祖父那里，我从下游完全可以想象到上游的景观。以我和哥哥的人品、性格推测祖父，他应该是一个正直、善良、厚道、本分、勤劳、节俭、不善交往、要面子的人，也是那类不服输、打碎牙往肚里咽的硬气汉子。如果上苍眷顾，他会成就一份家业。中年的他已经离一个小地主一步之遥，可遗憾的是祖父一生倒霉，贫穷和忧愁始终在追赶、逼迫他，我甚至没见他痛痛快快地笑过，一次都没有，他的脸总是阴沉得像要下雨的天空。但是祖父在逆境中的挣扎，特别是晚年在苦难的泥沼中越陷越深，也不悲观绝望垮塌下来，使他的生命有了真正的质量。我远远望着这位只留给我一个背影的老人，他黑红的肤色像镀了一层金，闪闪发光。

叔叔的病治好了复发，复发了又治。他的病是由穷苦、艰辛、烦闷、焦虑、再婚、村人欺负、歧视多种原因导致的，这样的病无法根除。这可苦了祖父，他“牵”着叔叔到处寻医问药，心力交瘁加穷困潦倒。草棚子里的木头卖光了，家里再没有值钱的东西可倒腾。这时，祖父瞅准一个差事——割草。生产队饲养棚门口贴出“告示”，为牲口“征粮”，一般青草一斤二分钱，嫩芦芽可按三分一斤收购。为了割嫩芦芽，七十多岁的祖父跑十多里，出征芽庄湖。早晨披星戴月上路，中午在太阳底下（荒洼里连棵树都没有）啃冷干粮，水葫芦不能补充淌干热汗的身体，半下午时口干舌燥，实在渴极了就扑向湖面，狠狠地灌一肚子生水。傍晚，祖父满载而归，小山一样的草捆把他压扁，只剩两条蹒跚的腿。他尽量把头埋在草下，从人们怜悯的目光里走过（生产队里只有那些学生娃才去挣这份牛粮钱，大人去挣被人瞧不起）。短短的村街，对这个很要脸面的老人来说是这么漫长，他的每一步都是沉重的，屈辱的。好歹后来他也麻木了，两边门洞里传来的议论他已听不见。

时光是最阴毒残忍的杀手，祖父一天天老了，芽庄湖已可望而不可即，这个倔老头却仍不死心，他又找到一个门道：赶明家集买来红麻坯子，搓成经子卖钱。这个活不用大力气，且可以在自己家里干。倔老头噘着厚嘴唇，甩掉外衣，扫出一块地面，摊开一把麻坯子，先一缕一缕划成细条，喷上少量水，然后取两根细麻绞搓，不断续料，经子的长度便不断延伸。祖父的手很粗大、笨拙，搓得很慢，但他有耐性，白天夜晚，不歇一歇，在那里一蹲就是两个时辰。手掌全是厚厚的茧子，像裹上了一层铁皮。指甲比鹰喙还长，留着花麻。屋子里一股挺冲的臭泥巴味，那是麻坯子带来的（红麻杆子泡在湾里，沤烂了，才能剥下皮），粉尘、毛屑满屋飞就不用说了。早晨起来，祖父圪蹴在门槛上，大口吸烟，大声咳嗽，很长时间。他的肺里积压了成吨成吨的尘埃，得靠烟刺激咳出来。他咳得很凶，震天动地，这咳声把这个在外面没有发言权、被村人遗忘的人还活着的消息带到村子的角角落落。有时候咳得喘不上气，"死"过去了，半天又缓醒过来。我不敢看这死去活来的咳嗽，它让我的心一阵阵抽紧、痉挛，但他咳完却有了精神，又回到屋里抓起麻坯。祖父明白：他只能干这种活了，如果放弃这个活，他就什么都不能干了。

那个说话呱呱呱像驴叫的王邪子，晚年给镇上一个公司看大门，天天端着一只大茶缸子，晃着肉乎乎的脑瓜儿在门口兜圈子，见了熟人就说很粗俗的笑话。祖父本也应该有这样一份清闲的，如果看大门，他会比王邪子做得好，他看过坡，眼尖得很，可是他哪里有这福气？近八十岁的人了，还得豁出一把老骨头，和命运进行决一雌雄的摔跤。

祖父一天能搓一斤经子，卖掉可挣三四毛钱。五天赶一个集，卖货进料，乐此不疲。赶集是乡村的节日，如果不是抢收抢种的农忙时节，平日，庄稼人这一天撂下手里的活，到集上溜一趟，买不买、卖不卖东西不是主要的，是来松松枷，解解闷，沉重的岁月需要撕开一道缝吹进一缕微风。乡间小路上，两两成对的，三五一伙的，有说有笑，慢慢悠悠，好好地享受享受这一份情趣。祖父赶集却都是"走单帮"，匆匆赶路。他不嫌孤单，早年卖油路上还借一支小曲儿驱遣寂寞，现在连这小曲儿也不哼了，一路只有橐橐的脚步声跟随。村子和明家集之间，有一条废弃的河道，从河底穿过能省不少脚力，然而那几乎被踏平的河岸，祖父经过却犯了难。因为有一回叔叔犯病，横冲直撞，把上前牵制他的祖父推倒，从此祖父多了一根木头腿。上坡时手扶拐杖拖着身子走还好说，下坡，整个人的重量几乎都集中到拐杖上，稍不留神就会连人带背上的麻坯摔下去，滚成一团。但祖父咬着牙，颤颤巍巍，一次次把河岸踩在脚下！每次爬上岸，他驻足，大喘粗气，再挺挺桅杆一样瘦硬的身躯，迷惘的眼睛望向远处。老北风呼啸着，把他单薄的衣衫鼓成一片帆……

5

暴雨刚刚停歇，团团黑云扬着长鬃驰向天边，不远处，隆隆的"雷声"反而更响了——青龙山山洪狂泻，千军万马呼啸而来，杏花河暴涨，大水漫过了老石桥，站在这边的人满脸惶恐，等水位落下去。祖父等不迭，他折了一根树枝子探路，战战兢兢到对岸去，我紧紧扯着他的衣角。

这是我还能记得的为数不多的与祖父在一起的情景，小时候我曾跟着祖父到大东洼看庄稼。他爬上瞭望台，手搭凉棚四下张望，我在台子下追逐我的蝴蝶或者蚂蚱。他望了远处望近处，用目光逐一翻动排排绿浪，偷庄稼的小毛贼休想得逞，就是一只田鼠的跳跃也逃不过他的眼睛，唯独忘记了我的存在，好像我不是他的孙子。回家吃饭的时候，我却跑过来把小手塞进他铁钳似的手掌。

蹚水过桥的情形深深刻在我的心底，我常常想起，并浮想联翩：河道是水的命，河水跑不出堤岸；而如果漫溢出来，那会是多么壮观的景象。河水溢出堤岸对河来说是壮举还是悲哀？在梁邹平原上，更多的河流却是干瘦在河底，弥漫着死亡的气息，给人以伤感、绝望。还有一种情况，大河的上游波澜壮阔，下游水跑进了一条条斜出的沟渠，沟渠上也有些小花小草，但这里的风光可与大河两面的林木森森媲美吗？

祖父是一条河流，至少是一段河流，这段河流水面上不曾跳跃阳光的金斑，总蒙着一层尘土样的黯淡，它也没有欢快的哗哗波涛声，当然更缺少滔滔激浪。但是它的下面，却有一股暗流涌动。

在我记忆中，祖父不擅在人前讲话，没出过风头；他不爱凑热闹，从不往人堆里钻。以我的性格来推测祖父，他有内向的一面，但骨子里并不乏血性，且易冲动，到底是什么让他变得如此沉默，如此孤僻和古怪？村人在背地里嘲笑他"梦游"，我想祖父是知晓的，他完全可以站出来澄清，但他一直装聋作哑，一直背着这口黑锅默默地度日。

小胡同很窄，高高的墙把阳光挡在外面，除了正午之外，街面差不多都是暗红色的。祖父的家在小胡同深处，小胡同是他走的最多的一条路。就是在小胡同里走路，祖父也总是闷声不响，对面来了人他看也不看，你不和他打招呼，他绝不先开腔。如果有后生恭敬地问他："大爷，你上坡回来了？"他也只是"哦"一声。

踽踽而来，踽踽而去，空空的小胡同把他沉闷的脚步声放大着。

批林批孔那年，村里住进了工作组，那位工作组组长长长的绒线围巾搭在胸前，大背头梳得锃亮，走路把手倒剪在身后，迈四方步。这位特有派的组长到了会场上更是与众不同，讲起话来口若悬河，震得村人一愣一愣的。人们都很崇拜他，都争相亲近他，路上见了他老远就嘘寒问暖。有一天，他在小胡同里遇到了我祖父，两双眼睛对视，他等着我祖父跟他说话，可我祖父竟没吭声；他很意外，再次把目光投过来，恰巧我祖父也抬头看他，然而我祖父仍然不语，倒是他憋不住，主动跟我祖父打了招呼——这件事被当作一个笑话在村里传了好久。

我觉得这是祖父生命中很精彩的一笔！原先我很同情祖父，以为他自卑，软弱，以为他缩在自己孤寂、昏黑的世界里，逃避一切，现在我愿意从另一个角度来理解祖父，他多么了不起！内心多么强大才能让他沉默不语，让他像老牛反刍一样，一下一下消化掉闷在心里的屈辱和愁苦，而把自己铸成一块铁！我对祖父刮目相看了，我觉得我无法和祖父相比，我没有了祖父高大结实的身板，没有了他黧黑粗糙的脸膛，没有了他的坚韧、苍劲、铮铮硬骨和无视俗世的孤傲。"高考"使我很偶然地走出小村来到城市——我命运的改变是个偶然，农家子弟考出来的有几人？作为一个整体的农家子弟无法改变命运，他们一代一代，后辈踩着前辈的脚印走——成了一个体面的城里人，但是我身上脱不尽的泥土气味与城市的气味还不相融，尴尬、困厄、压抑、孤独，仿佛我又还原为东屋里那个沉迷于幽暗的孩子。这是一个我，另一个我，虽然还保留着祖父那独来独往的秉性（这方面我像极了祖父），虽然也像祖父那样固执、死板、偏头偏脑，然而很多时候却一有压力就"扁"了、

"小"了，受不了一点冤屈，碰到一点磨难哀叹不止；还有，我学会了点头哈腰，学会了讨好、奉迎、唱赞歌……

离那块肥沃而贫瘠的土地越来越远，离祖父越来越远，我已退化成一副卑怯、猥琐的模样，退化得一点不像我祖父了……

天平之水

唐兴顺 / 文

　　虽然北方山地里最缺的是水，但林虑山中有一个叫"天平山"的地方，确实终年奔腾着流水。水不是很大，却完全可以用奔腾来形容。水两边分别有两条栈道，栈道随着山势的高低走向而起伏而弯曲，人在两条道上登山，从一处相近的起点出发，越走就被分离得越远，脚下的沟谷自然是越来越宽了，可是流水还始终在你的脚下亮着。开始两个人轻声说话，互相回答，随口评点山里的一切，有时对一棵树、一株草、一块石头的姿态产生不同看法就争论，争论着争论着突然互相听不到声音了。因为脚下的水正从一个高处往下跌落，喧哗的水声淹没了人的声音。如果还要争论，就只有加大嗓门喊着说话，或者完全依靠夸张的手势和肢体语言。有时劈面遇到一座山峰，水的行程不必做大的调整，人走的道却需要拐许多弯，拐进峰后，拐到谷底，等再出来时，两边两个人的身段面影都被距离和空气模糊了。路转得厉害，山又增高了许多，人已经互相看不清了。这时候，人也乏了，会安静许多。坐下来望天上云彩似画，看脚下流水如带。这水有的地方粗，有的地方细，有的地方结出一些水潭，明亮亮如一面面镜子。这样歇过几次，人就到了很高的地方，但离山顶仍然很远。拐过一座山峰，突然发现又看到对面的那个人了，平日十分熟悉的朋友，在自然创设的特殊情景下，刚刚分离了一小会儿，猛然又见，竟会十分的兴高采烈，欢呼跳跃，好像失散多年的重逢，真是叫人匪夷所思。这条水路的最后一笔十分神奇，两条栈道在半山腰上汇合到一起，汇合点同时就是沟谷里流水的源头。人很快就能看出，此时的路恰如一把很深的弓，而流水正好似射出去的箭了。说是水源，是因为走到这里再没有路了，水就从这齐刷刷的石壁上溢出来，没有一股一股成形的水流，靠着崖根一溜，像人身上冒汗珠一样，滚落了一层又一层；崖根向外，形成了一个半月形的水潭，又集中从一个口上跌落山下。仰头望山壁上的痕迹，可以确定夏季行雨季节，整个山顶上的水会瀑布般的从这里流下。另外，即使是在淡水季节，源头水量较小，但由此出发向下，每一层山崖都会不断贡献力量，水流越行越远，水量逐步增大，到了沟底，水的来源就更加广大，径流所布，千峰万壑，人往高处走，水向低处行，中游之下，水渐成河，水石相搏，浪花飞溅。

　　这是从栈道上看水。如果不从崖壁上走，而是直接沿河床走沟谷，就会看到水的另一种面貌，看到水在这偏地僻壤的一些隐秘行动。水直接面对的主要是石头，与石头处理关系是水的日常生活。我觉得水一旦诞生在山中，它差不多全部的心思就都在石头上了。首先石头是阻碍，是对手，而且坚硬如铁，要想从它身上通过，水在无数的日夜里琢磨出了一种办法，那就是智取。表面上不与它对抗，每天像玩耍一样轻轻拍打和抚摸它的身体，在时间深处用这种难以察觉的力量来把它融化和消磨。我看到一个地方，观察其形状，本来是一块从山体上凸出来的巨石，水必须要通过时就采取了这种办法，水不仅削平它凸起的部分，而且兴趣大发，乐此不疲，竟然乘势在它身上挖出了一方宽大而温柔的水床，又在水床的边上分别修了两条沟槽，水在此处就十分的从容起来，两边水流如练，摇头摆尾，叮咚歌唱，中间水平如镜，纹丝不动，日月云影，飞鸟流花映入其中。在床与槽之间的石头上，是水有意识暴露出来的工作痕迹，一圈一圈细腻的纹络，如人手上的指纹，每一圈都记录着石头与水在无数个日夜的谈话。我还发现就在这一处地方，水曾经打磨出很多个领地，后来又把它们放弃了，有的像碗，有的像舂米的臼，有的像烙饼的浅锅，都是水一点一点造出来的。还有一处硬石，现在是两丈多长的一段完整水道，但想当初也是水一层一层将它冲刷下来的。河道两壁，一层一道痕迹，层层相叠，如刻如塑，用手抚摸，有点像用了很长时间的搓衣板。在这里，水毫不客气地宣扬着自己的力量。而在有些它认为必要的时候，也采取隐蔽的工作方法。在一个苹果园旁边的河床上就发生了这样的事，水不与石头正面交锋，一开始就从它的下边插手工作，把这块石头底部全部掏空了，掏透了，使其像一个倒扣着的马鞍，直到现在还在上部的表面给石头保留了足够的尊严，水从下边流走了，石头乐呵呵地假装不知其事。我从其上踏足而过，有意识地停留了几分钟，想想脚下发生的故事，心里有些想笑。

水还有一种普通的工作方法，光明磊落，不搞阴谋算计。遇到石头等障碍时，不迂回，正面冲击，靠实力解决问题。我在河床上转悠，到处可以看到这种战场的遗迹。这种大规模作战，水会审时度势，一般把时机选在水量较大的夏季，山洪初发，万马奔腾，所有石头都要经过它们的洗礼。洗礼过后，河床全部变样。泥沙干脆被带往山外，小石头一次一次地搬家，刚刚稳定下来又被冲走，居无定所，最长也稳定不了一年，短暂地相互匹在一起，那姿势乱七八糟，谁都没作长远打算。河床上拳头般的鹅卵石，碗口大小、暖瓶大小的石头伏在水底，或者早已被冲向岸边在太阳下发光。最不想认输的是那些牛马般的巨石，它们想和水较量，较量不成，也不想完全失去尊严，用尽最后的力气停在河床上，各种各样的姿态忠实记录着挣扎的痕迹。水退走了，它们很得意，你看有些石头仅仅以一个角为支点，像跳芭蕾舞；有些石头停在断崖上，一半已经腾空，像要立即跳水的运动员；有些石头，那么大的个子，竟然好几块垒叠在一起。你垫我，我支你，累累欲倾却未倾，它们以为胜利了，在阳光和蓝天下宣誓，殊不知，水的下一次冲锋很快又到来了，除了收拾上一次的战场之外，水又捕捉了一批仍然不服输的俘虏。它们再挣扎，它们又失败，一年又一年，水越来越成为这条沟谷的主体，即便收兵回营，也让战场保存胜利者的尊严。

水的各种运动，不仅改变其他事物，也同时为自己营造快乐和安详。你仔细看看，有些地方一里地二里地的区间内，河底平坦，水草丰茂，鱼儿往还，浅吟低唱。平静的水面上停着外来的蜻蜓，特别是一种黑体长腿，会跳又会飞的小昆虫，一片一片在水面停留，这个落下那个飞起，水安闲着，不用心也不用力，那真是个好呀。在个别河床拐弯的地方，水一边调整方向一边把拐角上突兀的石崖冲平冲宽，造成很广阔的场地，并且把上面洗磨得光滑如镜。水呢？并不全部占有，它从一边上就完成调整，早已顺流而下了，留下这些美丽的地方在河岸上。水自己最舒服的地方，我感觉是在水潭内。两千多年前，庄子和惠子曾发生过"安知鱼之乐？"的争论，两千多年后，我直接回答"安知水之乐"的问题。我说其之乐在水潭是直接体验过的。20世纪90年代夏季某日，我在小镇上遇到了小我十来岁的朋友李小林，他当时刚被任命为人口普查员，头戴天蓝色的遮阳帽，手上拿着公文夹，意气风发的样子。人在得意时遇到熟人和朋友会更得意，小林当时就邀我坐在路边饭店喝起酒来，酒后乘兴来水潭里玩水。原以为水会很浅，站在旁边的石头上一看，黑汪汪的不见水底，水从上边断崖注入，和潭内的水混到一起之后又从乱石的缝隙间溢流出去，这样一潭水让我想起家里早年用过的水缸，不同的是容量更大，水更鲜活，每一滴水始终都是新分子。由于潭很深，水不像在河里那样匆忙，表现出休息、安宁和雍容的情状，完全不分你我的相融相拥，亲密的谁也不看谁，谁也看不到谁，所有激动和喘息，所有感慨和语言全都化作一体之身；表情与表情叠加，颜色与颜色相重，谁都失去了自我，谁都获得了再生，它们在潭内的情形一时变得像天空那样深邃。我们先是脱光衣服，本来还剩一条短裤在身上，按照山里的习惯，下水前先要用自己的尿洗洗肚脐。一洗，就势干脆把短裤也摔到了石头上，反正是深山僻地，绝无女性光顾。我们两个人呀，像两条鱼儿完全地与水相欢。曾经蹚过奔腾的河水，也在海边的浅水里游过泳，身体对水的感觉，在此时是完全异样的，它漂浮你，从下向上有一种反向垂直之力在涌动着你；它虽然也拍打你，却是从身体周边同时向你用力，而且似乎是用呼吸所发出的力来挨你的身子，作用在皮肤上，震颤和悸动却首先在你心里隐秘地发生。此时此地，这样的接触和相拥，对人异常新鲜，对水也应该是百年不遇。这一次在水下我通过心这个器官听到了水的许多感受和秘密。也是这一次让我感觉到，走遍东西南北中，阅尽天上地下水，山潭之水是水中最快乐又最安详的。

但是有一件事却奇怪，这个水潭中竟然没发现鱼，要知道旁边奔流的河中还是有鱼的，一群一群的鱼苗成团成团地移动，还有一种像指头粗细，又没指头长的黑体短嘴鱼，或在急流里逆水冲锋，或在水下石头缝里钻来钻去。它们怎么就偏偏没进去潭中呢？没有鱼，却不同寻常地发现了一条蛇。李君在酒力的作用下，一会儿爬上石头，一会儿跃入水中，甚至还攀上旁边核桃树的树干向水中跳。突然他惊呼起来，一条像锄把儿粗的白蛇从水里举出头来。我看到时它已经又伏下头在潭边游动了。我们两个赶紧爬到潭边石头上，穿好衣服，心里想是打扰了这条蛇的安宁和修行，同时想起那句千古名言："积水成渊，蛟龙生焉。"

仰望星空

刘乐牛／文

一

夏日有好多天，是在戈壁上度过的。帐篷里没有电，习惯于电脑前写字的我，晚上就有了很多时间，坐在外面的石头上无所事事地喝茶吸烟。那夜夜悬在头顶，却几乎已被我这些年忘却的星空，就是在这段时间，才得以被我再度观望和审视。

尤其是初来乍到的夜晚，当我晚饭后刚揭开门帘，猛然间撞入视野的景象，美得简直让我有些震惊！我从没见过如此绚烂、如此壮观的星空！置身于那些明明暗暗、高高低低，交相辉映却又各自为阵的星斗下，就好像来到了珠光闪烁的丰富而硕大无边的钻石矿中。从东北向西南斜贯而去的银河，逶迤而苍茫，浩然而洪荒，好像有不可知的力量在汹涌，在奔腾，在呼啸，却又是那般晶莹、璀璨，莫名地就让人有了一种难以言说的宁静与悠远！

在那一刻，我真有点觉得，这戈壁之所以空旷了千年万年，就是为了以它全部的辽阔，托举起这群星浩渺的海洋，就是为了让有缘看到它的人，还能在一片没有被人类足迹踩脏的净土之上，向广亥的苍穹抬起面孔。我的内心清洁而庄严，有一种似乎从来都没有被我发觉过的古老情绪，从我的灵魂深处升了起来，占有了我全部的感觉。我真不知道这情绪平日里躲在我身体里的什么地方，如果按照弗洛伊德的潜意识论来解释，极可能是远古祖先的某些经验，在人之心理结构中的积淀吧！

　　想来在人类的幼年时期，我们茹毛饮血的祖先，每当夜晚来临，在空旷寂寥的林野之中，总会抬起他们粗糙的面颊，举目向深邃而灿烂的星空望去。那时他们从动物的行列中刚刚挣脱出来，刚刚有了自我意识，当他们抬起孩童般天真的目光，看见那一颗颗明亮、宁静的星星，像纯净的眼睛般在湛蓝而高远的天空上遥遥地盯着他们，他们充满好奇的内心，定然也有种莫名的胆怯和敬畏。他们想弄出个所以然，但微弱的知识囚禁着认知，他们甚至因火把都还没有发明，而联想不到它们是些灯盏，于是尽管浮想联翩，却只能隐约地猜想出这浩渺美丽的星空里，可能还存在着更高级的生灵，没有饥寒疼痛，没有生老病死，却自由自在，无所不能，并拥有很多能发光的宝物。他们也定然为此讨论了好久，才给这些不可洞悉的生灵安上了神仙之类的称谓，并认为他们住在不同的星宿，主宰着人类的命运，也掌管着宇宙的秩序。这更增加了他们的敬畏之情，也自然而然地，开始出现了人类最初的神话和宗教。

　　而在这可能要以百万年来计算的时间里，足以让祖先们对星空的敬畏之情沉淀到人类的意识深处，并随着沧海桑田的山河变迁而代代遗传下来，成为人类情愫中抹不去的元素，而保留在每个人的心灵深处。而我现在所谓的仰望，也只是面对浩渺的星空，重复着人类百万年前就有过的一个古老的动作。

二

这个动作很简单，只需脖颈稍稍抬起就能完成，却让混沌初开的人类，有了打量宇宙的可能。人类的第一行目光，正是通过这个动作，把内心的全部信息送向了茫茫苍穹，向空旷的时空，正式宣告了自己的诞生！

这个动作可分解成抬头和低头两个过程，抬头是仰望，低头是沉思，抬头是向远处放逐，低头是向内心回归，而在这一抬一低间，人就把宇宙和自己联系在了一起。这个动作从此被人们代代重复，辈辈传递，人类渴望挣脱束缚的理想，在这重复中被一再强调，人类挑战未知的精神，在这传递中被不断增强。这个动作啊，注定人类要另辟蹊径，以精神之光开创一条超越动物，通往永恒的漫漫征途！

站在帐篷门口，我望着从有天地之日起，就在这戈壁之上等待着我的星空，不由得生出一种久违的感动。而那一颗颗悬坠的星子，则好像有着吸引灵魂的神秘磁力，让我的目光不愿离开！它们独立时给人以辽远的指向，连成一片，却于明暗错落中又给人以无限的遐想。情不自禁地，我又在心里默念起了康德的那句话："有两种东西，我对它们的思考越是深沉和持久，它们在我心灵中唤起的惊奇和敬畏就会日新月异，不断增长，这就是我头上的星空和心中的道德定律。"

是的，从古至今，这头顶的星空唤起过多少人内心的惊奇和敬畏？也唤醒过多少人的灵感和思想、道德和良知？星空不但能轻易地让人于游目骋怀间精骛八极，心游万仞，更能让人的胸怀在与天地同吞纳之间得到扩展，让人的智慧在和宇宙的衔接中得到顿悟，还可在一种庄严中得到灵魂上的净化和良知上的召感。难怪黑格尔也说："一个民族需要一群仰望星空的人，他们不只是注意自己的脚下。"

我无法知道地球上共出现过多少个人之个体，但我想，假设每个人都曾仰望过一次星空，那么若把这所有的目光集中起来，其亮度会不会盖住头顶灿烂的星光？若把这所有的身影都按先后顺序排列，会不会在时间中组成另一条更为辉煌的银河？这样的想法让我觉得，虽然只是孤身站在寂寥的戈壁，却并不孤独。好像我这个随意而为的古老姿势，像佛家的咒语、道家的手印一样，接通了无数个祖先留在宇宙间的信息，获得了他们在冥冥之中的声援与支持！

三

他们曾向苍穹发问，向星空祈愿，星空因此而容纳了人间太多的喜怒哀乐，见证了尘世太多的悲欢离合。但如今他们都已在时间中逝去，星空却还是原来的星空，还像原来一样，继续容纳着我们胸膛里容纳不下的情绪，见证着被历史不断毁灭的事件。

星空也因此被加载上了人类的意义，而成了一面掩映着丰富内容的窗户，具有了被灵魂开启的功能！人类探索宇宙与生命本源的欲望，也因此得以在柔软的心头上不断萌生、开放，绽放出庄重的哲学之花，烂漫的艺术之蕊，缤纷的科学之芳！

望着这戈壁上向无垠处展开的天空，我似乎在那群星辉映之中，看见了他们影影绰绰的身影，听见有那么多的声音在喧腾，我辨认着，回忆着，认出那以"道可道，非常道"来开口说话是老聃，以"我思故我在"来推导世界面目的是笛卡尔，还有那个判定出光是绝对速度的犹太人，应该是爱因斯坦，那个钻研了一辈子科学，却最终认为力来自上帝的英国人，应该是牛顿……

他们曾在星空下参悟生死、认识自我、破解玄机，却在不知不觉中，以各自的光芒构成人类文明的星空，照着人类在苍茫的时空中朝着更开阔处前行！

他们并没有死，他们以自己的光辉存活了下来，存活在我们所接受的科学知识里，存活在我们所领略的艺术情感里，甚至是存活在我们每个现代人的精神里、气质里、思维里，构成了不再野蛮的我们，不再愚昧的我们。我们因此也不再仅仅是我们，更是他们的思想和精神，与我们不同的个性、不同的阅历相结合的凝聚体。他们身体里没有我们，但我们身体里却有他们。他们此刻正通过每个黄皮肤、白皮肤、黑皮肤的人，以现代人的名义开创着人类的生活，也通过我的心跳、我的眼睛，以我的名义望着星空。他们因我们而获得了新生，我们也因他们而不再年轻，有了足以和整个人类史相比的苍老年龄！

四

　　而我在星空下的这诸多感想，也并非完全来自我的大脑，只不过是很多先贤思想在我感知系统上自觉荡漾的结果。而他们每个人的思想，也一定能在更为古老的岁月中找到或明或暗的源流。

　　人类的文明，何尝不是这样在继承着前人继承过的，辨别着前人辨别过的，更新着前人更新过的过程中不断辉煌起来的。人类从神话开始，逐渐在星空之上构建了天堂，塑造了上帝，并以此为基点来不断地解释世界，描述未来，推广德行。而这期间科学的力量也在萌芽、壮大，终有一天，到了敢于摧毁天堂、挑战上帝的程度。这每一次文明上的进步，既是后人对前人的超越，更是前人对后人的推动，每一位先哲，无论在今天看来其思想多么的荒诞不经，都在这过程中发挥过不可磨灭的作用。

　　但星空无言，星空只是以它的万古不灭，默默地看着人类在不断地肯定与否定中，相互吵嚷着，打斗着，带着伤痛也带着希望，怀着罪恶也怀着良知，从洪荒中一路披荆斩棘地向未来走去！人类不知星空将宇宙和生命的最后真相藏在何处，但人类因此才能以生命的生生不息，在苍茫的时间长河上做到前赴后继、永不言弃！

　　望着这二十一世纪戈壁之上的星空，也望着人类第一位祖先就看见过的星空，我想，人类的发展史尽管已有数百万年，但我们对作为万物之源的星空的了解，却还只是在皮毛之上。尽管现代意义上的科学已经很发达，但因果逻辑主导下的链条式科学思维，能否超越存在本身，从根本上弄清诸如时间从何而来，空间从何而起，是谁让万物遵从着所谓的诸多规律等问题，还只是一个比星空更遥远的谜！

而星空对于人类的意义，也许并不在于我们能完全破解它所有的奥秘，而在于它永远地引导着人类的精神，让人类在哲学的思辨中，科学的探讨中，艺术的慰藉中，保持了生命激情的澎湃不息。如果真有一天，星空不存在任何奥秘，也引不起我们丁点儿的敬畏之情，那么人类即使还存在，也将会因为一切尽在掌握中，而丢掉了应有的生气与活力。

《寒食帖》往事

1

他们一共四个人，衣袂飘飘地站在京城开封那一道笔墨风景的深处。晕染在他们身旁的，是后来张择端含泪融进《清明上河图》里的隐隐青山、迢迢绿水。这四个人，虽然年龄、性格、人品和由此而生发开来的命运遭际，如泾水和渭水一般分明，但当时的人们还是习惯把他们放在一起称呼：苏黄米蔡。

这四个人啊，人们说，苏飘逸，是仙；黄方正，似杜工部杜夫子；米痴绝，如酒狂；蔡呢？人们踌躇了一下，说，喝茶喝茶。

那是靖康之耻前，京城开封书法界聚会时常见的情景。康王匹马横渡之后，杭州城大街僻巷的酒肆茶舍里，人们痛苦地听着钱塘江的涛声，思念着长江对岸的半壁江山，又重新提起了蔡，不过已从蔡京换成了蔡襄。

排名紧随在苏东坡后面的黄庭坚虽被视为"苏门四学士"之一，有一段时间却对老师的字不以为然——苏轼写字姿态太不雅正。

暗含了天地运行密码的汉字，以象通形，以形达意，自笔画染墨自成一艺以来，从点横撇捺到弯钩竖折，近藏了人的气度与格局，远蕴了朝代的气运甚至走势，是以大风起兮，汉隶雄浑；两晋兵火，魏碑险峻；绵延至盛唐气象，便出了正气凛然的颜真卿。而自颜字以楷体的正大光明导引书艺笔画格局以来，有宋一代的书者们便开始重视起书法家落墨时的身姿来。

不幸的是，还在老家的时候，少年苏轼就习惯了斜着写字。今天的宣纸在承受每一管淋漓的落墨时，面前的书者无论正襟危坐或垂首壁立，都是垂直执笔，腕动毫随，悬肘而书。但是苏轼却是斜手执笔，连手肘都不提起来，整个人就歪斜着靠在桌上写。那形态显然有几分滑稽。这样出来的结果就是，他的字形显得很扁。黄庭坚开玩笑说，苏子之字，肥扁斜侧，就像石压蛤蟆。石头压着一只扁肥的癞蛤蟆，会好看么？

苏轼之所以这样写字，是因为他少年时用的笔叫诸葛笔，那是一种唐代流传下来的古笔。他的家乡四川眉山那时候很流行这种硬芯子的笔。

然而北宋哲宗元符三年（公元1100年）夏季的一天，当正在四川省青神县山水间流连的黄庭坚，突然见到了苏轼十八年前信笔而发的一幅作品时，惊得当场呆住了！

2

十八年前的寒食节这天，黄州很冷。比天气更凄凉的，是苏轼的心情。两年前，即北宋神宗元丰三年（1080年）二月，四十五岁的他因乌台诗案被贬谪到这里，挂了个名为团练副使的闲职，不但无团可练，反而处处被监视、被掣肘，一举一动都被人暗中记录下来，以便随时向京城报告。形同软禁的生活，让他生活潦倒、精神落寞。

尤其令他心寒齿冷的，是所谓"乌台诗案件"爆发时，他被一根绳子拴在颈项上，像鸡鸭一样被押解上京的情景：

公元1079年7月28日，朝廷派人到湖州的州衙来逮捕苏轼。史书里记载说，当气势汹汹的差人走进州衙时，苏轼害怕得躲在后屋里不敢出来，后来经朋友百般劝说，他才战战兢兢穿了官服走出来。差官立刻叫差人摘了他的官帽，然后像捆鸡鸭一样将他捆起来，呵斥他上路……行到太湖的那晚，天上繁星满天，湖面波光浩渺，想起人间如此风景，而自己上京却不知是死是活，苏轼难过之极，差点一头扎进了太湖之中……

终于从监狱里挣脱出来，来到了偏远的黄州，可是这里的生活状态让他非常难受，尤其是昔日诗酒唱和的朋友们此时就像人间蒸发一样，更令他心酸不已。两年后，他精神稍稍平稳下来，提笔给友人李端叔写了一封信，描述了自己那时候的境况与心情。信中说：（自从他）得罪以来，深自闭塞，扁舟草履，放浪山水间，与樵渔杂处，往往为醉人所推骂，辄自喜渐不为人识。平生亲友，无一字见及，有书与之亦不答，自幸庶几免矣。

元丰四年，友人马正卿见他日子过得实在穷困，便代他向州官求情，请得黄州城东荒地数十亩让他垦种，才得以解决了他的吃饭问题。后来苏轼将那里取名为东坡，并修建了雪堂，并就此将自己称作了东坡老人。晴朗的日子，这个四十来岁的东坡老人便像他喜爱的陶渊明一样，带着农具来此劳作。短暂休息的间隙，他常躺在地上看天上白云悠悠……有时候落大雨，他也戴了斗笠出来，沿着崎岖的山路缓缓走上雪堂，一路听着淅淅沥沥的雨声在山野间响个不停。

到东山坡上开荒耕种的第二年，元丰五年（1082年）寒食节（清明前一天）这天，黄州的天气突然由暖转寒，一早起来，朝霞如彩，谁知到了中午，天边突然乱云飞渡，到黄昏，蒙蒙如丝的细雨竟夹杂冰雹，噼噼啪啪地敲打下来。东山坡上，已经青中带黄的麦穗被打得七零八落。

眼看一年的辛劳转眼化为乌有，苏东坡再也压抑不住，查看灾情回来，他愤然提笔，在灯下作诗一首。诗曰：

自我来黄州，已过三寒食。

年年欲惜春，春去不容惜。

今年又苦雨，两月愁萧瑟。

卧闻海棠花，泥污燕支雪。

暗中偷负去，夜半真有力。

何殊病少年，病起须已白。

一夜雨声淅沥。第二天一早起来，天地间雾气生烟，春雨连成绵延不绝之势。他伤感不已，再次挥笔，将心中的愤懑尽铺于纸上：

春江欲入户，雨势来不已。

小屋如渔舟，蒙蒙水云里。

空庖煮寒菜，破灶烧湿苇。

那知是寒食，但见乌衔纸。

君门深九重，坟墓在万里。

也拟哭途穷，死灰吹不起。

中国书法史、文学史上的一幅珍品就此诞生。因是苏东坡在寒食节当天以诗入书，诗书双绝，后来的人们把它叫做了《寒食帖》。全称为《黄州寒食诗帖》。它是一幅横三十二点四厘米、纵十八点九厘米的行书作品，共十七行，一百二十九个字。

后来至今的九百多年间，中外的研究者们，尤其是中国和日本的书画家们对这幅书法作品众说纷纭。有的说，（其）以书法而论，通篇起伏跌宕，气势奔放，令人赏心悦目；有的则持另一种观点，在此诗帖中，苏轼一改惯常的温柔敦厚，顿挫提按，转腕如轴，加粗、放大、拉长，沉雄、激昂、婉转，墨迹的变化犹如他心情和命运的起伏变化……

确如斯言！在《寒食帖》里，苏东坡的笔意比以前有了明显的飞跃，虽然字体大小不同，却无一不是恰到好处。特别是有几个字锋芒如剑，如年、中、苇、纸（帖上为帋），应该是悬腕才能写出的效果。

后来者说，这几个字中最形象地表达了彼时苏东坡内心那一股怒火的，是纸字下面的君字。此字在诗句中被指为皇上，但是呈现在书法中的字体却又小又扁，和上面昏字那尖尖的长竖连着，好像君字是被狠狠刺了一剑！

论者们由此津津乐道，愈发深入：在以忠孝为最高的道德标准的时代，苏轼却经历着诗句中所言"君门深九重，坟墓在万里"的煎熬和痛楚，那种"死灰吹不起"的困顿、压抑和潦倒无助的欲哭无泪，简直穿越千年，扑面撞来！人们由此说道，在《黄州寒食诗帖》中，看不到他前后《赤壁赋》书卷中的那种平缓温厚，看不到他《中山松醪赋》中的那种畅达浩荡，也看不到他《渡海帖》中的那种率真无畏，只有一股倔强、执拗、孤闷、彷徨，仿佛他在拿头狠狠撞墙！

然而有趣的是，写完《黄州寒食诗帖》之后，苏东坡转眼就从悲苦愁闷的情绪中，一下子回到了乐天知命的路子上。就在这年麦收之后，仲夏的一个夜晚，他和当地几个乡村老人在雪堂中，一边听着四周浩荡的蛙声，一边在星空下轻摇蒲扇。把酒话桑麻的氛围让苏东坡不觉大醉，待他醒来，人们早已经散了，唯有银河中万星如灯。借着星光，他兴冲冲地返回城里，却不料家门紧闭，他感慨地吟道：

　　夜饮东坡醒复醉，归来仿佛三更。家童鼻息已雷鸣。
　敲门都不应，倚仗听江声。

　　长恨此身非我有，何时忘却营营。夜阑风静縠纹平。
　小舟从此逝，江海寄余生。

就在黄州城边滚滚东流的长江那翻卷不息的涛声中，苏轼瞻前顾后，如炬的目光穿透深邃的历史。"飘飘何所似，天地一沙鸥。"人生的谷底间，他如同天地间独自起舞的沙鸥，趁明月清风振羽而起，于渺渺星空下获得了身心的大解放。此后，心明眼亮的东坡居士白衣飘飘地立于命运的波峰之上，笑容可掬地面对了一切苦厄：离开黄州之后，他曾一度重新入朝为大学士，转眼却又被贬斥，被赶到了更加边远困苦的广东惠州，然后又是更加遥远的海南，然而他已毫不在意。在惠州的赤日炎炎下，他开口便笑："日啖荔枝三百颗，不辞长作岭南人"；在横渡雷州半岛，前往海南的路上，眼看天地间波涛茫茫，仿佛走到了天尽头，六十二岁的他回望身后渐行渐远的大陆，一生经历如电光石火般在心头闪过，虽已是将军白发的年纪，他却从容吟道：

心似已灰之木，身如不系之舟。

问汝平生功业，黄州惠州儋州。

三年后，公元1101年8月24日，六十五岁的苏东坡从海南返回，行到江苏常州时，死于馆驿之中。

3

苏东坡是不死的。

他离开黄州后，因行色匆忙，随手写下的《寒食帖》来不及收入行囊，被州衙一位杂役暗中收在家里，随即被前来探寻他墨迹的四川蜀州江原县人、时为河南永安县令的张浩以数百两银子的高价收藏起来。

张浩，世居于蜀州江原（今四川崇州江源镇）崇福寺旁。他的祖居叫善颂堂。江原张家本为西汉留侯张良所传下的一个支脉。晋室东渡之后，举家迁移到蜀州。江原当地传说，张家刚从北方迁移过来时，人丁不旺，家业不振，幸亏祖宗一直保留着耕读传家的传统。晴朗的日子，他们牵着家里仅有的一头水牛，汗水淋淋地在田里劳作；落雨的时候，张家的子侄们便由家中一位通晓文墨的长辈率领，在散发着农具味道的南窗下，朗声诵读：

伐木丁丁，鸟鸣嘤嘤。

出自幽谷，迁自乔木。

天上雨云漠漠。张家子弟的读书声从屋里响亮地透出来，回荡在稼禾碧绿的田野上，惊起了河湾里栖息的数只白鹭，在空中翩然回旋。

如此晴耕雨读大约三代之后，位于崇福寺不远的张家祖坟上，突然长出了一棵白色的檀木树。这棵檀木树沐风沥雨，数年后便高达四五米。每到春天，枝条上便开满了白花，远远望去，形似一树琼玉。张家人欣喜异常，认为这昭示着张家血脉自祖宗生息的三晋之地散落全国之后，居于江原的这一支即将在蜀地迎来开叶散枝的繁盛局面，从此便自称为白檀张家。

果不其然。白檀张家到了张浩父亲张公裕这一代，得益于赵宋王朝的科举制度，朝为田舍郎，暮登天子堂。数十载寒窗苦读，一朝金榜题名，得以入朝为官。张公裕为人宽厚，与同事李公择之间常诗酒唱和，颇为相得。也是《寒食帖》机遇巧合，李公择的妹妹恰是苏门四学士之一的黄庭坚的母亲。所以张浩自小便与黄庭坚在一起玩耍。长大之后，张浩虽文名不显，却眼光独具，尤爱苏东坡的诗、词、书三绝。东坡被贬谪在黄州之后，远在京城河南永安的张浩，忧心忡忡地关注东坡的一举一动，当他听到东坡在黄州愁闷欲死，心里大恸，恨不得自己插翅飞到东坡身边，为其牵马执蹬、磨墨铺纸。然而官职在身，乌纱难辞，他常为此夜不能寐，终日唉声叹气：我大宋何以不惜文士如此？

　　从黄州衙门的那位杂役手中得到《寒食帖》之后，张浩爱不释手。他将其精心置放，每次谒览前，都要洗手焚香。多年以来，张浩一直渴望自己能在书艺上有所精进，因此常在公务之余，走访村野，叩问禅院，搜寻街巷间的碑刻，谁知踏遍了夕阳余晖，却每每一无所得。正无限怅惘，却忽然每日里可以亲炙苏东坡手书真迹，真正是大喜过望。

　　北宋哲宗元符三年（1100年），因母亲去世，正在江原守孝的张浩听说好友黄庭坚因官场人事倾轧，借探亲之名，正在岷江边上的青神县寄情山水，顿时萌生了一个念头：东坡远在海南，不知今生还否能够相见？倘不能再见东坡，这《寒食帖》须得另觅一高人为之题跋，方可珠联璧合，相映生辉。如今天下书艺，世人皆谓苏黄米蔡。米芾自己不熟悉，蔡京为人奸恶，唯有黄庭坚正好！

见好友张浩突然驾临，黄庭坚喜出望外。当张浩迎着岷江边的清风，在他面前的石桌上徐徐铺展开带来的《寒食帖》时，黄庭坚眼里闪出了晶莹的泪花。他喜不自胜，于是应张浩之邀，挥笔为其题跋。文曰："东坡此诗似李太白，犹恐太白有未到处。此书兼颜鲁公、杨少师、李西台笔意。试使东坡复为之，未必及此。它日东坡或见此书，应笑我于无佛处称尊也。"

黄庭坚的这一篇跋，一改他以前对老师书法的偏见，转而对苏东坡的诗与书皆推崇至极。其题跋气酣笔健，与苏轼原作可谓是珠联璧合。他认为东坡的这篇书法作品熔冶了前辈大师如颜真卿、杨凝式、李建中等的高明技法，并提炼出了东坡书法前所未有的独特意趣。

联想起以前黄庭坚对东坡书法的评价，这则题跋仿佛出自另一位对苏东坡五体投地的欣赏者的手笔。然而细品其中意味，这中间却又饱含了两位绝顶书法家内心多少微妙的艺术思维与人生兴叹啊！

黄庭坚目光犀利，他一眼就看出了《寒食帖》那淋漓笔意在起承转合间的特别之处，字体不再是以往的肥厚倾侧，而是大小错落参差，动感十足，随着字形前后变化，许多字看上去笔锋凌然，更具惊喜。

神品本为天赐，岂是人力可求？久经书法三昧的黄庭坚面对这一卷《寒食帖》，长长地叹了一口气：试使东坡复为之，未必及此。

青神县本是苏东坡妻子王弗的故乡，处处都留下了二人青梅竹马的痕迹。也许是对东坡太过熟悉，也许在青神的山水间看到了太多东坡的身影，黄庭坚的这段题跋表面上看起来写得非常自然，却又暗含了内心一点微妙的心思，比如他写下的字，竟然要比作为作品主体部分的苏字大了许多。从内容上看，黄庭坚在遵循题跋旧式赞扬了苏字之后，又转而谈起了自己，谈起了自己的书法和苏轼书法的微妙关系：它日东坡或见此书，应笑我于无佛处称尊也。

这里，黄庭坚的评语暗含了好几个层次。他虽然承认《寒食帖》的巅峰成就，但也表露了一点不服气、欲与东坡比高低的意思。作为那时书法界的一时瑜亮，这大约就是黄庭坚内心深处作为一名艺术家，在艺术追求上的那一点微妙的争胜心理吧？

每个人都只能在自己的路上收获人生的风景。写这段跋文之际，正是黄庭坚由困顿转向奋发的好时光。同样喜爱书画的宋徽宗登基以后，黄庭坚作为王安石反对派的"前罪"遭赦，得到了监管鄂州盐税的官职。本拟即刻赴任，却因江水大涨不能成行，于是索性乘舟到青神探访亲友，正在潜心揣摩蜀地山水意境的他，恰逢张浩之请在《寒食帖》上题跋，于是悠悠情思都留在了东坡的诗书之后。

或许是暗中向自己定下了目标。第二年，也就是北宋徽宗靖国元年（公元1101年）五月，黄庭坚写下了他生命中最重要的作品《经伏波神祠》长卷。这件书法作品惊人心魄。文徵明评其"真得折钗、屋漏之妙"。苏轼和黄庭坚二人早年均学颜真卿，在颜、柳之外，黄庭坚也常临苏字，然而他一直活在苏东坡的影子里。《经伏波神祠》是黄庭坚晚年的代表作，他对这幅作品也颇为自得。他在卷后题道："持到淮南，见余故旧可示之，何如元祐中黄鲁直书也。"在诗法上标榜"夺胎换骨"的黄庭坚，终于在为《寒食帖》题跋之后，迎来了自己的书艺高峰。

三年后，公元1105年，六十岁的黄庭坚走完了自己的人生历程。在那云蒸霞蔚的天堂里，他该重逢了东坡。两人应该从此摆脱了人间的烦恼，终日把酒临风，逍遥自得地在云雾间论字，在星辰间吟诗吧？

4

与黄庭坚在青神县盘桓数日后，张浩兴冲冲地带着《寒食帖》向江原祖宅善颂堂进发。朝政日益不堪。徽宗皇帝登基后，对蔡京依旧宠信，让天下有识之士寒心不已。张浩早已有了归乡的打算，此次如愿得到了黄庭坚对《寒食帖》的题跋，内心更下了决心要将它藏之于老屋，让苏东坡和黄庭坚二人联袂而成的这幅珍贵墨迹陪自己度过余生。

公元1100年8月，川西一带正是谷黄秋收的季节。沿着岷江边蜿蜒铺展的官道上，马蹄嘚嘚，走来了终于得以归乡隐居的张浩。为官多年，简单的行囊里，除《寒食帖》之外，还有一幅仁宗皇帝的飞白书，此外仅诗书一卷，清风两袖。

转眼数十年过去，风流倜傥的道君皇帝宋徽宗被金兵掳到了黑龙江五国城坐井观天，张浩也住进了那白檀繁茂的张家坟园。昔日威势赫赫的大宋只剩下了"西湖歌舞几时休"的半壁江山。

这一年清明祭祖，张浩的族孙张缙因在朝中担任了秘书省正字，负责管理国家图书典籍及参与编修国史的工作，方得以登堂入室，在老屋深处的一间书斋里得见了《寒食帖》的庐山真面目。暮春的夕照从窗棂中投射进来，洒在面前的墨卷上，黑白交织的字里行间如斑驳着点点碎金。饶是张缙早已见多识广，当他第一眼望去，那碎金间的每一个字突然奔涌起来，如奔马似剑戟般，静默的天地间风声如啸。他内心顿时狂呼不已："绝代之珍！绝代之珍……"

对《寒食帖》的惊鸿一瞥，让张缙就此变得茶饭不思，整日沉浸在苏、黄二人精妙的书法意趣之中。他叹服黄字的峭拔，更倾心于东坡诗书双绝的偶然天成，联想起山河破碎，不禁为伯祖张浩苦心收藏《寒食帖》、保存大宋那一缕文化血脉的痴绝感动不已。思之万千，他决定仿效黄庭坚，在帖上题跋，向后人讲述苏东坡《寒食帖》与自己家族相依相伴的深情故事：

　　却东坡老仙三诗，先世旧所藏。伯祖永安大夫尝谒山谷于眉之青神，有携行书帖，山谷接跋其后。此诗其一也。老仙文高笔妙，粲若霄汉云霞之丽，山谷又发扬蹈厉之，可为绝代之珍矣。昔曾大父礼院官中秘书，与李常公择为僚。山谷母夫人，公择女弟也。山谷与永安帖自言，识先礼院于公择舅坐上，由是与永安游好。有先礼院所藏昭陵御飞白记及曾叔祖庐山府君志，名皆列山谷集。惟诸跋世不尽见，此跋尤恢奇。因详著卷后。永安为河南属邑。伯祖尝为之宰云。三晋张缙季长甫。

张缙之后，再次得见《寒食帖》真容的，应该是著名诗人范成大。

公元1177年（南宋孝宗淳熙四年），担任四川制置使的范成大奉调回京。在成都待了三年多，他一直忙于公务，无暇饱览蜀地景色。此次回京，他选择了由水路出三峡，首段旅途便是沿文井江顺河而下。

正是"漠漠水田飞白鹭，莺莺夏木啭黄鹂"的五月末，范成大一路马蹄嘚嘚，从成都直趋郫县安德铺（今安德镇），然后抵达永康军（今都江堰市），准备由此抵达蜀州元通古镇行船至江原，然后达新津县，再扬帆东下。

在都江堰，范成大登上西门城楼（又名玉垒关），领略了一番杜甫笔下那"玉垒浮云变古今"的万千气象后，于六月初三晚到达了青城山。在山中一处名叫长生观的道观里，他兴致勃勃地欣赏了北宋画家孙太古笔墨奇雄的《味江龙图》，在苍松暮云间盘桓两个晨昏后，进入蜀州地界已是六月初七。

那天早晨，范成大从青城山下出发，一路流水淙淙，帆影悠悠，转眼间两岸朝云暮霭，当晚宿于元通镇外圣佛院，第二天抵达江原善颂堂，并在此与张缙于月下把酒临风，促膝长谈。

多年以后，范成大在老家苏州吴县归隐林下，江南的田园风光令他情致益然：

新筑场泥镜面平，家家打稻趁霜晴。

笑歌声里轻雷动，一夜连枷响到明。

就在那江南暮秋的连枷声声中，范成大铺开纸笔，回忆起了当年放船出川的情景，蜀州元通一带的景色首先涌现出来，那一河碧波在墨行间荡漾婉转："江水分流，滩声聒耳。人家悉有流渠修竹，易成幽趣。"然后他笔锋一转，写到了善颂堂和张缜："季长之族祖浩藏仁宗飞白书及……"范成大此行很有可能也欣赏到了《寒食帖》，但出于对张家的承诺，他没有将自己拜谒这幅东坡真迹时的所见所闻所思见诸文字，给今天的我们留下了极大的遗憾。

　　就在范成大离开之后不久，因世事日益动荡，经慎重考虑，张家便将《寒食帖》深深地秘藏了起来，再也不轻易示人。